Brieven aan Koos

Tim Fransen

BRIEVEN AAN KOOS

D G
A
M S

DAS MAG UITGEVERS

Tim Fransen (1988) is cabaretier en filosoof. Hij rondde de studies psychologie en filosofie beide cum laude af, en won met zijn eerste filosofische cabaretvoorstelling *Het failliet van de moderne tijd* in 2016 de Neerlands Hoop, de prijs voor het grootste cabarettalent. Sinds 2011 is hij lid van collectief Comedytrain.

Eerste druk: september 2018

Omslagontwerp: Frank August
Opmaak: Lyanne Tonk
Productiebegeleiding: Tim Beijer
Auteursfoto: Koos Breukel

NUR 301

www.timfransen.nl
www.dasmag.nl

Voor René,
naar wie dat ook
nog moge verwijzen

INHOUD

AMSTERDAM, 23 *juni* 2018

Beste lezer,

Op een zonnige nazomermiddag in 2014 vond ik een hoopvolle uitweg – daar leek het tenminste op – voor de crisis waarin ik verkeerde. Ik woonde destijds op een piepklein zolderkamertje in de Jordaan, boven een café waar in het weekend een liveband tot diep in de nacht Jordanese klassiekers speelden. Dan klonken luid 'Bij ons in de Jordaan', 'Een Pikketanussie' of hoorde ik een vol café zingen 'Wie heeft er zeepsop in de pruimenpap gedaan?' terwijl ik probeerde te slapen en geërgerd dacht: Je zou verwachten dat die zaak inmiddels toch wel verjaard zou zijn.

Ik was vijfentwintig en woonde eindelijk op mezelf. Met twee huisgenoten deelde ik een keuken. Niet dat ik die vaak tegenkwam, ik kookte zelden voor mezelf. Of in elk geval niet wat men een conventionele maaltijd zou noemen. Tijdens mijn studie filosofie was ik ervan overtuigd geraakt dat veel dingen niet meer dan een conventie zijn: onze kalender, hoelang een uur duurt, hoelang een meter is, onze waardeoordelen over goed en kwaad. En dat gold zeker ook voor onze culinaire gewoontes.

Natuurlijk, ons lichaam geeft grofweg aan wat gezond is of ongezond, maar binnen die grenzen bestaat een universum aan vrijheid, die we, om die voor onszelf hanteerbaar te maken, inperken met culturele afspraken. Maar deze jongen ging zich daar niet als een mak schaap naar voegen: een kaasomelet met een blik doperwten en worteltjes als avondeten; broccoli met kaas en twee vegetarische schnitzels als lunch; een diepvriespizza als ontbijt – het was mijn persoonlijke ontmaskering van de arbitraire voedselconventies. Mijn manier om te laten zien dat je ook anders kon leven dan ons wordt verteld.

Al moet ik wel zeggen dat er na verloop van tijd nog weinig mensen ingingen op een uitnodiging om bij mij te komen eten.

Wat echter voelde als radicale vrijheid, was misschien meer nog een radicale afwezigheid van houvast. En dat gold voor meerdere aspecten van mijn leven. 's Avonds probeerde ik een paar keer per week grappen uit in comedyclub Toomler. Na het winnen van de jury- en publieksprijs van het Leids Cabaret Festival was de logische vervolgstap dat ik mijn eerste avondvullende voorstelling zou maken.

Het probleem was dat ik op een punt was aanbeland dat ik uit optreden nog maar amper bevrediging putte. Voor mijn gevoel stond ik triviale onzin te verkopen. Mijn studie filosofie had me misschien niet geleerd wat de zin van het bestaan was, maar het leek me overduidelijk dat het in elk geval weinig zinvol was om nog meer onzinnigheid de wereld in te helpen.

Overdag was ik vrijwel elke dag in de universiteitsbibliotheek te vinden bij de afdeling Wijsbegeerte; van tien uur 's ochtends tot vier uur 's middags, het ritme waarin ik mijn scripties psychologie en filosofie had geschreven. De regelmaat gaf me houvast, en bovendien vond ik het prettig omringd te zijn door de grote filosofen. (Bij wijze van spreken dan. Ik bedoel *de boeken* van grote filosofen. In meer letterlijke zin was ik omringd door rechtenstudenten met helse katers die, in een wanhoopspoging hun tentamen bestuursrecht te halen, de grens opzochten van een overdosis ritalin.)

In de bibliotheek probeerde ik grapjes op papier te krijgen, en als dat niet wilde lukken, was ik verzonken in een werk van Friedrich Nietzsche (1844-1900). Om de een of andere reden was ik pas aan het eind van mijn studie van deze filosoof in de ban geraakt, wat niet de ideale timing was. Hij zette veel van wat ik tijdens mijn studie had geleerd weer op losse schroeven. De redenen hiervoor zullen hopelijk later in dit boek nog duidelijk worden, maar het kwam erop neer dat Nietzsche de filosofische ambitie om 'Eeuwige Waarheden' te ontdekken failliet verklaarde. En als de Waarheid niet meer het domein was van de filosofie, dan was de filosofie in feite – zoals een vriend van mij het noemde – 'niet meer dan een hoogstaande vorm van literatuur'.

Zo werd de bibliotheek, mijn veilige schuilplaats, dankzij Nietzsche ook de plek waar ik nog verder de vaste grond onder mijn voeten voelde wegzakken.

Ergens in de weken voorafgaand aan die bewuste nazomerdag in 2014 zat ik in een bus naar Apeldoorn, op weg naar een optreden. Een man van een jaar of zeventig vertelde aan de buschauffeur dat hij die ochtend de eerste bus had genomen – dat was om 06:21, las ik later van de tabel af – om op Schiphol vliegtuigen te spotten. 'Ik ben vliegtuigspotter,' zei hij met een zelfverzekerdheid die suggereerde dat dat een geaccepteerde, afgeronde identiteit was. Hij reisde meerdere keren per week naar Schiphol af. Hij nam nooit een fototoestel mee, alleen een verrekijker, alsof hij bedoelde te zeggen: 'Ik ben een purist.' Waaruit ik begreep dat gewapend gaan met slechts een verrekijker binnen de vliegtuigspotgemeenschap werd gezien als het echte werk.

Op mijn gevoel van verwondering over deze in mijn ogen triviale bezigheid volgde een diepe verontrusting. Want ik realiseerde me: welke scherpzinnige antwoorden de filosofie ook zou mogen formuleren op de vraagstukken van het leven, deze man had er geen cent om gegeven. Hij ontleende *een gevoel van zin en betekenis* aan het kijken naar vliegtuigen door een verrekijker. Was het denkbaar dat ik een logisch dwingend argument zou kunnen formuleren, waardoor deze man zou denken: Ah! Dus ik zat er al die tijd helemaal naast! Ik heb mijn leven totaal verkeerd geleefd? Onwaarschijnlijk. (Of juist een argument waardoor alle andere mensen zouden denken: Ah! Het leven draait dus om vliegtuigspotten! Ik zat er al die tijd dus helemaal naast! Ook onwaarschijnlijk.) Ineens zag ik hoe potsierlijk de ambitie was om met Eeuwige Waarheden op de proppen te komen, waarheden die voor iedereen een onontkoombare geldigheid zouden hebben.

In de vliegtuigspotter uit Apeldoorn zag ik het gelijk van Nietzsche.

Om de crisis op te sommen: Nietzsche had me in filosofisch opzicht vertwijfeld achtergelaten, op het podium was ik verdwaald, en – dat was ik nog vergeten te vertellen – ook in de liefde liep het niet op rolletjes. O ja, ik kampte ook nog met zwemmerseczeem. Nog steeds eigenlijk. Al is dat voor dit verhaal niet bijzonder relevant. (Misschien beter om dit in het vervolg achterwege te laten.)

Gelukkig had ik genoeg literatuur gelezen om te weten dat een crisis een uitermate geschikt uitgangspunt is voor een verhaal over wederopstanding. Feitelijk was het enige wat ik nu nog hoefde te doen wederopstaan. Ik kreeg hemelse tekens in die richting, in de vorm van twee wijze mannen – we komen nu bijna bij die zonnige zomermiddag. De eerste was dat ik voormalig Denker des Vaderlands René Gude ontmoette. Ik prijs me gelukkig dat ik hem nog zo'n anderhalf jaar heb mogen kennen, voordat hij in maart 2015 overleed. Onze gezamenlijke vriend Theo Maassen stelde ons aan elkaar voor, en omdat ik voorvoelde dat hij de gids kon zijn die ik nodig had op mijn dwaaltocht, vroeg ik René brutaal of ik een keer bij hem langs mocht komen. Hij zei met pret in zijn ogen: 'Jazeker, want we hebben een hoop te bespreken.'

En dat was zo. Vanaf dat moment stak ik wekelijks met de pont het IJ over en kletsten we op zijn woonboot over de meest uiteenlopende onderwerpen. Over de taak van de filosofie, over sterven, over liefdesverdriet. Renés manier van filosofie bedrijven was een verademing. Net als Nietzsche had hij het idee van Verheven Waarheden opgegeven, maar in plaats van daar een enorm drama van te maken, hanteerde hij een benadering die uiterst pragmatisch was. Filosofie noemde hij 'de meest efficiënte wijze van tobben'. Hij beschouwde filosofen en hun ideeën als instrumenten, en beoordeelde ze op hun nuttigheid, in hoeverre ze ons helpen 'het uit te houden met elkaar, met onszelf en met de dingen'.

Ook leerde René me om filosofen in hun context te plaatsen. Hoewel dat misschien een open deur lijkt, was het voor mij een baanbrekend inzicht. Als je ervan uitgaat dat filosofie over Eeuwige Waarheden gaat, dan doet de context er niet zoveel toe. En context betekende niet alleen de tijd waarin de betreffende filosoof leefde, maar ook zijn karakter. Bij René werden filosofen *mensen*. Mensen die niet zozeer een unieke toegang tot de waarheid hadden, maar mensen die net als iedereen worstelden met het leven, en die daar op een net iets efficiëntere, meer systematische manier over tobden, zodat wij daar misschien ook nog wat aan hebben.

'Elke filosoof wíl iets,' drukte René me herhaaldelijk op het hart. 'Er is een reden dat hij of zij zich dag in dag uit opsluit om achter een bureautje te gaan zitten schrijven. Als je erachter komt wat die reden is, dan ga je ze pas echt begrijpen.'

De tweede persoon die een beslissende invloed had, was Koos Terpstra. Of zoals hij zichzelf altijd voorstelt: 'Terpstra. Koos Terpstra.' (Iemand moet hem een keer vertellen dat het bij hem niet hetzelfde effect heeft als bij James Bond.) Koos is een gerenommeerd toneelschrijver en theaterregisseur, anderhalve generatie ouder dan ik. Omdat hij een aantal collega's van mij regisseerde, kwamen we elkaar af en toe tegen in Toomler. Eerlijk gezegd vond ik Koos aanvankelijk maar een irritant mannetje. Wat hij zei over mijn optreden vond ik irritant, en de manier waarop hij het zei net zo, vaak met half dichtgeknepen ogen die ik moeilijk kon lezen. Toch openden zijn opmerkingen altijd een nieuw luikje in mijn hoofd. De dingen die hij zei had je nog nooit van iemand anders gehoord, en waren soms zo krankzinnig dat je je afvroeg of hij het erom deed.

Aan Koos sprak ik niet veel later mijn ambitie uit voor mijn debuutvoorstelling: als uitgangspunt wilde ik een filosofische these nemen; alle grappen moesten daaraan ondergeschikt zijn. Koos reageerde op zijn typisch irritante manier: 'Dat gaat je niet lukken, maar je moet het zeker proberen.'

En zo komen we op die betreffende lentedag. Koos en ik hadden op een terras in Amsterdam afgesproken om nog eens over m'n ambitie verder te praten. Van tevoren had ik hem een filosofisch traktaat gestuurd dat de basis zou vormen voor mijn voorstelling. Met enige tegenzin fietste ik van de universiteitsbibliotheek naar de Nieuwmarkt. Ik vermoedde dat Koos weer stellig allerlei irritante dingen zou gaan zeggen. Hij stelde me niet teleur. Hij had mijn traktaat gelezen en hij sprak me vermanend toe dat dit niks met theater te maken had. 'Je moet al die theorie vergeten. Theater gaat over verbeelding.'

Ik sputterde wat tegen. Hij zag overduidelijk niet in hoe geniaal mijn traktaat was. Ik kon het hem niet kwalijk nemen, hij had natuurlijk geen filosofische achtergrond.

Maar ook na wat extra uitleg was Koos niet onder de indruk. Hij liet een stilte vallen en zei: 'Weet je wat jij moet doen? Je moet eens uit die bibliotheek komen. Ga op reis. Maakt niet uit waarnaartoe, het zal je verbeelding prikkelen.'

Ik had weinig zin om uit mijn schuilplaats te komen, het beviel me daar goed. Bovendien had ik bijna een volle koffiespaarkaart.

Toevallig had ik diezelfde avond op de woonboot van René afgesproken. Zoals meestal had ik decadente koekjes mee van Van Stapele – twee euro per stuk –, gemaakt van chocoladedeeg en gevuld met zachte witte chocolade, en die zo teer waren dat ze de overtocht zelden heelhuids overleefden. (Of dat een metafoor is voor de breekbare situatie waar ik me in bevond, moet je zelf weten. Het was aanvankelijk niet zo bedoeld, maar ik moet zeggen dat ik de gelijkenis tussen mij en een verrukkelijk chocoladekoekje wel zie.)

Terwijl René en ik de scherven van koekjes oppeuzelden, legde ik de suggestie van Koos aan hem voor. René was enthousiast over het idee. Toen hij mijn weerstand opmerkte, begon hij over een van zijn favoriete filosofen: Immanuel Kant. Kant zag dat onze instincten en onze natuurlijke neigingen vaak niet onze beste raadgever zijn. Kant staat bekend om zijn extreme gelijkmatigheid: elke dag leefde hij volgens precies dezelfde indeling, maakte elke dag dezelfde wandeling, elke dag op exacte hetzelfde tijdstip. Velen zien hier een neurotische, aspergerachtige neiging in, maar volgens René zat het anders. Kant was van nature juist een losbol geweest, die tot laat in de kroeg met vrienden kaartspelletjes deed of rond de biljarttafel hing. Op een bepaald moment heeft Kant zijn geflierefluit aan banden gelegd en zichzelf onder een regime gesteld. Hij heeft 'zichzelf de wet opgelegd', de letterlijke betekenis van het woord autonomie ('auto' betekent in het Grieks 'zelf', 'nomos' betekent 'wet').

En toen kwam de moraal van het verhaal. René zei: 'Bij jou lijkt het tegenovergestelde aan de hand. Jij bent geneigd tot regelmaat en teruggetrokkenheid. Misschien moet jij jezelf juist ertoe aanzetten om het avontuur te zoeken.' Ik zou willen dat ik me meer herinner van wat hij zei, maar ik weet nog wel dat het overtuigend klonk: de grote filosofen ontwikkelden hun ideeën als instrumenten om het leven te lijf te gaan. Dus waarom zou ik me zo veel mogelijk van het leven afschermen? Alleen door me in de wereld te begeven zou ik mijn instrumenten kunnen slijpen.

De redenen om te gaan reizen begonnen zich op te stapelen. En ik ging bijna in het lot geloven toen die avond nog een aansporing tot mij kwam. Ik ontving een derde hemels teken van de man die God had doodverklaard. Op mijn zolderkamertje sloeg ik Nietzsches *De vrolijke wetenschap* open, en mijn oog viel op de volgende zin: 'Gedachten zijn de schaduwen van onze ervaringen, – altijd donkerder, leger, simpeler dan deze.'

De woorden kwamen als een mokerslag binnen. Ik realiseerde me dat ik me al die tijd in de bibliotheek alleen maar had beziggehouden met *gedachten*, met *de schaduwen van ervaringen*. Mijn wereld was een reductie van de volheid die het leven in zich draagt.

(Ik geef toe dat het niet helemaal toevallig was dat ik het boek juist op deze pagina opensloeg. Hier zat namelijk mijn boekenlegger, hier was ik gebleven. Maar toch.)

Het was nu ineens glashelder waar mijn reisbestemmingen aan moesten voldoen: ik zou afreizen naar plekken die me zo dicht mogelijk brachten bij *de ervaring* van de filosofen die ik koesterde. En als het me niet bij hún ervaring bracht, dan toch in elk geval bij een éigen ervaring.

En zo begint dit verhaal van een vertwijfelde jongeman die zijn kluizenaarsbestaan opgeeft en op reis gaat, op zoek naar de instrumenten om het leven te lijf te gaan.

Op mijn eerste bestemming kocht ik een ansichtkaart om Koos te bedanken voor zijn advies. Tijdens het schrijven kwam ik erachter dat ik veel meer te melden had dan waar de kaart ruimte voor bood. Ik had behoefte om iemand te vertellen over mijn bevindingen in al deze vreemde oorden. Zo begon ik aan een brief, die vervolgens nogal uit de klauwen liep. Vanaf elke bestemming zou ik Koos uiteindelijk een brief sturen. Het boek dat je in je handen hebt, is de bundeling van deze brieven. Ik hoop dat mijn gedachten niet alleen wat waard zijn voor Koos en mij, maar ook voor de rest van de wereld. En dat het niet slechts hoogstaande literatuur is.

Alle goeds,
Tim

1.

Brief uit Leipzig, waarin Tim zich afvraagt of niet alles chaos en toeval is

LEIPZIG, 23 *december 2014*

Beste Koos,

Vanuit een hotellobby in Leipzig schrijf ik je, gezeten in een van de lelijke maar comfortabele beige fauteuils. Ik drink een rode wijn: Spätburgunder, afkomstig uit deze streek. De taxichauffeur die me vandaag rondreed door de streek, Ulrich, vertelde me dat het goede wijn is. Ik kan me herinneren dat jij een wijnkenner bent, Koos. Van mezelf kan ik dat niet zeggen. Ik ben zelfs niet echt een wijn*liefhebber*, en daarmee bedoel ik: ik vind het vies. Maar heel af en toe bestel ik toch een wijntje. Misschien omdat ik de mogelijkheid wil openhouden dat mijn smaak is veranderd en ik ineens begrijp waar iedereen al die tijd zo enthousiast over was.

Druivensap vind ik overigens wel lekker. Zelfs zodanig dat ik me moeilijk kan voorstellen dat er mensen zijn die wijn wérkelijk lekkerder vinden dan druivensap. Daarom snap ik het concept van wijn ook eigenlijk niet. Waarom zou je druivensap jarenlang in een houten ton laten gisten om het mínder lekker te maken?

En waarom zouden mensen veel meer geld betalen voor iets wat minder lekker is? Daar komt bij dat je ook nog eens de onzekerheid hebt of de wijn wel bij jouw smaak past. Of dat het überhaupt goede wijn is. We leiden zelfs experts op – vinologen, sommeliers of hoe die figuren ook allemaal mogen heten – om ons een beetje wegwijs te maken in dat woud van onzekerheid. Terwijl je al die onzekerheid niet hebt bij druivensap. Voor 1,75 heb je gewoon een uitstekend pak druivensap.

Wat ik al helemaal niet snap is dat veel wijnen worden aangeprezen met 'fruitig'. Als je van fruitig houdt, weet je wat ik je dan kan aanraden?

Druivensap. Je zult niet geloven hoe fruitig dat is.

Jij vertelde me ooit een verhaal, Koos, waar ik om moest lachen. Dat je jaren terug een wijn had ontdekt die je overheerlijk vond, en dat je die vervolgens massaal had ingeslagen en er je hele kelder mee had gevuld. En toen sloeg de ouderdom toe: je smaakpapillen veranderden, waardoor je die wijn niet meer te zuipen vond. En daar zat je dan, met een kelder vol van die flessen.

Het komische en het tragische liggen vaak dicht bij elkaar. Mij is een keer iets soortgelijks overkomen: ik werd verliefd op de biologische kant-en-klare boerenkoolstamppot van de Albert Heijn. Hoewel het eigenlijk de bedoeling was dat je die in de magnetron deed, had ik ontdekt dat het des te appetijtelijker is als je 'm opbakt. Maar het zou niet de eerste keer zijn dat ik verliefd werd op een product en dat het even later uit het assortiment werd gehaald. Dus om die situatie voor te zijn heb ik de boerenkoolstamppot massaal ingeslagen. Maar mij overkwam hetzelfde tragische lot: na een paar weken vond ik het al niet meer lekker. Al had dat in dit geval waarschijnlijk meer te maken met het verstrijken van de houdbaarheidsdatum.

Hoe dan ook, deze brief betekent dat ik je suggestie ter harte heb genomen, Koos. Ik ben op reis gegaan. Ik heb de bibliotheek verlaten en besloten onbekend terrein te verkennen. Ik hoefde niet lang na te denken over wat mijn eerste bestemming moest worden: Röcken, de plaats waar Friedrich Nietzsche geboren is en begraven ligt. Tegenwoordig heeft Röcken ruim zeshonderd inwoners. Maar het is niet altijd zo'n metropool geweest: ten tijde van Nietzsche woonden er slechts 202 mensen. Zo zie je maar wat effectieve citymarketing kan doen. Toch heeft Röcken nog altijd geen hotel, vandaar dat ik in Leipzig overnacht.

Nietzsche zal ook de hoofdpersoon worden van de voorstelling die ik maak en die over acht maanden in première gaat. Nog nooit heeft een filosoof zoveel impact op me gehad als hij, een impact die even vaak verontrustend als inspirerend is geweest. Zelfs nadat ik honderden van zijn prachtige aforismen had geconsumeerd, bleef hij door mijn vingers glippen. *Wat voor iemand was dit*, die de pilaren waar ik op steunde – waar de hele westerse beschaving op steunde! – stuk voor stuk aan het wankelen had gebracht?! En dat in een onnavolgbare stijl, ergens tussen schreeuwend en dichtend in.

In mijn ogen belichaamt Nietzsche een fundamenteel keerpunt in de filosofie. Kort door de bocht beschouw ik dat keerpunt als volgt: tot aan Nietzsche heeft het westerse denken vooral in het teken gestaan van een of ander Absoluut idee. Ik schrijf het met een hoofdletter, omdat het vaak om concepten gaat die als verheven, volmaakt, zuiver en objectief werden beschouwd. Als zodanig dienden ze als fundament voor bijvoorbeeld de aard van de werkelijkheid, de zin van het bestaan of de morele wetten waar we ons aan moeten houden. Bij Plato is dat Absolute idee bijvoorbeeld de Ideeënwereld; bij Rousseau is dat een soort innerlijk, Authentiek Zelf dat een anker is voor het Goede; bij Immanuel Kant is dat de Rede, door middel waarvan we de objectieve morele plicht kunnen bepalen; bij Hegel is dat de *Geist*, waarin de wereldgeschiedenis haar voltooiing vindt. En in het christendom, dat toch ook een flinke vinger in de pap heeft gehad bij de vorming van de westerse ideeëngeschiedenis, wordt dat absolute idee uiteraard belichaamd door God.

Nietzsche deelt een verwoestende klap uit aan al deze zogenaamd onwrikbare fundamenten, zodanig dat ze na hem in mijn ogen ongeloofwaardig zijn geworden. Niet voor niks noemde hij zichzelf 'de filosoof met de hamer'. Misschien is het wat aanmatigend om je eigen bijnaam te verzinnen. Aan de andere kant is een bijnaam ook niet iets wat je aan anderen wilt overlaten. Voor je het weet, krijg je iemand die oppert: 'Nietzsche stelde orde op zaken, en ruimde in één keer een hoop verdorde ideeën uit de weg. In die zin zou je hem kunnen zien als de filosoof met de bladblazer.'

Volgens Nietzsche is er geen ordelijk fundament. De aard van de werkelijkheid is in wezen chaos. Wij mensen proberen er krampachtig orde in aan te brengen. We bakenen af, we begrenzen en categoriseren. En vervolgens gaan we geloven dat die door onszelf aangebrachte orde er altijd al is geweest. Met andere woorden: de orde die er is, ligt niet aan de werkelijkheid ten grondslag, maar is door ons aan de werkelijkheid opgelegd. Het inzicht van Nietzsche reikt diep, nog steeds doorzie ik er niet altijd de volledige consequenties van. En we tuinen maar al te graag in de metafysische illusie van orde, want het idee dat uiteindelijk alles chaos is, is uitermate verontrustend.

Dit werd vorige week nog pijnlijk duidelijk toen ik in de Albert Heijn op zoek was naar de Pink Lady's, of zoals ik ze altijd noem, de appel voor de geëmancipeerde man. Maar ze lagen niet op hun gebruikelijke plek, en ook de biologische bananen leken spoorloos verdwenen. Even was ik bang dat er weer allerlei producten waarop ik gesteld was uit het assortiment waren gehaald. Uiteindelijk ontdekte ik dat er een herindeling had plaatsgevonden. Waar voorheen alle appels bij elkaar hadden gelegen, de biologische en de niet-biologische, en de biologische bananen bij de niet-biologische bananen, was er nu een nieuwe hoek gecreëerd waar al het biologische fruit bij elkaar lag.

Ik besefte dat ik voorheen altijd had gedacht dat de supermarktindeling was gebaseerd op een natuurlijke ordening; dat in feite de categorisering van producten zichzelf voorschreef, als een noodzakelijkheid. Dat er hoogstens enige creativiteit kwam kijken bij de volgorde waarin deze categorieën in de winkel lagen. Je kan beginnen met de chips, of met de zuivel, of met de broodafdeling, of met een groente- en fruitafdeling, maar dat er zulke absolute, begrensde categorieën bestonden, daar had ik nooit echt aan getwijfeld.

Nu werd ik op pijnlijke wijze herinnerd aan Nietzsches woorden: 'Elk begrip ontstaat door het gelijkstellen van het niet-gelijke.' Zodra we ergens een woord of categorie aan geven, scharen we allerlei verschillende gevallen of entiteiten onder dezelfde noemer.

Neem het onderscheid tussen groente en fruit. Een betweter hoor je soms zeggen: 'Eígenlijk zouden de tomaten bij het fruit moeten liggen, want tomaten zijn eigenlijk ook fruit.' Maar laat ik als hyperbetweter de betweter terechtwijzen. Het woordje 'eigenlijk' is volledig misplaatst, want het suggereert een noodzakelijke natuurlijke ordening. Wij mensen hebben bedacht dat groente een afgescheiden categorie is van fruit; plantkundig bestaat die helemaal niet. En zelfs als je de twee categorieën accepteert, kun je allerlei verschillende criteria verzinnen die groente van fruit onderscheiden. Is het wel of niet suikerhoudend? Kun je het rauw eten? Groeit het aan een houtachtige of aan een kruidachtige plant? Groeit het aan een eenjarige of aan een meerjarige plant? Maar elk van die definities heeft contra-intuïtieve uitzonderingen. Als het niet de tomaat is, dan wel de aubergine, de komkommer of de avocado. Oftewel: elke definitie is kunstmatig, een menselijke fabricatie. Het legt geen essentie bloot.

Maar toen ik gedesoriënteerd in de supermarkt stond, zag ik dat het probleem van de verschillende criteria tot een veel radicaler en verstrekkender probleem leidde. Want nu zag ik dat de mogelijkheden werkelijk oneindig waren. Waarom zou je bijvoorbeeld niet de producten categoriseren op alfabetische volgorde? De aardbeien bij de aardappels, de aanmaakblokjes en de afwasmiddelen; de bananen bij het bier, de Becel, de bastaardsuiker en de Bugles. Of wat dacht je van een indeling op basis van kleur? De ananassen, de gele rijst en de bananen bij elkaar. Andijvie bij de avocado's, groene Fernandes en de onrijpe bananen. En zo kan ik nog wel even doorgaan: een indeling op basis van prijs, op basis van land van herkomst, op basis van wat voor geluid het maakt als het op de grond valt, op basis van hoe klote je je voelt als je het ophebt (met bleekmiddel en waxinelichtjes aan het begin, en de selderij en ketamine aan het eind).

En ik hoor je denken: Nou, Tim, omdat dat veel onhandiger is. Want in het geval van de alfabetische volgorde: ligt de brie bij de 'b' van brie of bij de 'k' van kaas? En ligt de 50+ kaas bij de 'k' van kaas of bij de 7Up en andere dingen die met een getal beginnen?

En ik geef gelijk toe dat elk van mijn alternatieve voorstellen onhandiger is. Maar onhandig gaat over pragmatische gronden. Bijvoorbeeld de tijd die je erover doet om al je boodschappen bij elkaar te vinden, en de hoeveelheid producten die je op de grond stuk moet gooien om erachter te komen waar ze liggen in de supermarkt (en je ze paradoxaal genoeg eerst moet vinden om ze te kunnen gooien). Maar niet op basis van een essentie die we kunnen aanwijzen bij de producten. Kortom: er zijn oneindig veel manieren om de wereld in te delen, en geen van die manieren is de ware.

Iedereen die weleens een documentaire heeft gezien over Amerikaanse gevangenissen weet dat er bij de gangs een strikte verdeling is op basis van huidskleur: de mannen met een witte huidskleur, mannen met een donkere huidskleur, en de latino's met een tintje dat ertussenin zit. Maar waarom niet op basis van hun hobby's? Of op basis van wat voor vergrijp ze hebben gepleegd? Of op basis van dat ze vinden dat tomaten groente dan wel fruit zijn, met een kamp dat het eerste vindt, een kamp dat het tweede vindt, en een derde kamp dat het genuanceerde punt maakt dat we niet in de valkuil moeten trappen van het essentialisme.

Zodra ik in de gevangenis beland, ga ik een bende oprichten met het laatste standpunt als verbindend element. Wie weet krijg ik iedereen achter me, dat zou het gezelligst zijn. Maar ook problematisch, want dan is er geen ordenend, afgrenzend principe meer. 'Want een supermarkt waar alles maar op een hoop geflikkerd ligt, werkt ook niet,' zoals Nietzsche al zei.

* * *

Gisteren rond zes uur 's middags kwam ik aan op Leipzig Hauptbahnhof. Tijdens de zeven uur durende treinreis deed ik oefeningetjes in een boekje over Duitse grammatica en keek op mijn laptop een aflevering van *The Newsroom* met Duitse ondertiteling.

De beslissing om deze reis te maken voelde meteen al goed. De dagen ervoor was ik somber geweest. Een kortstondige, maar intense relatie met een vrouw is net beëindigd. Noortje heet ze, ik kan me niet meer herinneren of je haar weleens hebt gezien. Ze was mijn zangdocent, en we werden verliefd op elkaar – iets wat voor mij bijzonder is, ik word doorgaans niet snel verliefd. (Ik realiseer me dat dit weinig geloofwaardig klinkt, aangezien ik net nog schreef dat ik ook op de kant-en-klare boerenkoolstamppot van de Albert Heijn verliefd was. Maar ten eerste was dat overdrachtelijk bedoeld. En ten tweede heb ik geen flauw idee of die liefde wel wederzijds was.) Ik heb nu geen zin om diep in te gaan op waarom Noortje en ik uit elkaar zijn gegaan. Ik was er verdrietig van en ik ging me afvragen of ik überhaupt wel in staat was om een relatie te hebben. Het is niet de eerste keer dat na een paar maanden de twijfel toeslaat. Soms lijkt het alsof ik van de twijfel een levenshouding heb gemaakt. 'Twijfel is het begin van alles wijsheid,' sprak René Descartes ooit. En zeker: wie te weinig twijfelt, is dogmatisch. Maar langzamerhand ontdek ik ook: voor wie te veel twijfelt, is het onmogelijk zich ergens langdurig aan te committeren.

Tijdens de treinreis fleurde mijn gemoed steeds verder op en tegen de tijd dat ik in Leipzig aankwam was ik in opperbeste stemming. Zelfs het feit dat het typische Duitse restaurant waar ik at, ketchup noch mayonaise had bij de patat, en de serveerster mij aankeek alsof ík gek was, kon mijn humeur niet verpesten. Het centrum was het decor van een drukbezochte kerstmarkt. Rondom de statafels bij vrolijk verlichte kraampjes dronken mensen glühwein en aten ze regionale spijzen, die bijna allemaal een soort variatie waren op iets met worst. (Het onderstreepte voor mij nogmaals het punt van Nietzsche: op straat traditionele lekkernijen eten bij kerstverlichting kun je in principe in allerlei omstandigheden doen. Het kan ook in je eentje en het hoeft er niet eens rond de kerstperiode voor te zijn. Je kunt ook in mei een vriend opbellen: 'Ik heb de kerstlampjes van zolder gehaald. Heb je zin om vanavond bij mij voor de deur een variatie van worst te eten?' Maar als je dat zou doen, ben je ineens een malloot.)

Ik maakte niet echt deel uit van de lokale rituelen, maar dat deerde me niet. Ik hoorde nergens bij en observeerde. De kerkklokken van de Thomaskirche, de kerk waar J.S. Bach het grootste deel van zijn leven heeft gewerkt (en ook de kerk waar Nietzsche in zijn studententijd nog regelmatig in een koor de baspartij voor zijn rekening nam), klonken luid en opgetogen, en ik zag mensen toestromen voor de avonddienst.

Toen de rol van observerende buitenstaander me begon te vervelen, informeerde ik bij de bioscoop wat er draaide: enkel nagesynchroniseerde films, waarvan de enige die me iets zei het derde deel van *The Hobbit* was. En hoewel ik tijdens mijn reis ook graag mijn Duits iets wilde bijspijkeren, vond ik het toch te veel van het goede om tweeënhalf uur lang te zitten kijken naar Duitstalige orks met asynchroon bewegende monden.

Ik ben teruggegaan naar het hotel en heb daar om 22.45 uur mijn roomservice-debuut gemaakt met een pizza mozzarella. Het was een van de smerigste pizza's die ik ooit heb gegeten, maar ook dat deerde niet, want elke hap smaakte naar nieuwe ontdekte vrijheid. Na nog een paar bladzijden te hebben gelezen in een biografie van Nietzsche, ben ik gaan slapen.

* * *

De volgende ochtend bracht een taxi me naar Röcken. Ulrich, de chauffeur, was een aanvankelijk wat norse man, een jaar of vijfenvijftig. Na ongeveer een halfuur rijden zette hij me af bij een bordje 'NIETZSCHE-GEDENKSTÄTTE' met een pijl. Het was koud. De zon scheen zwak door een dun laagje wolken. Er was niemand te zien in het dorp. Ik volgde het bordje en kwam uit bij een vervallen stenen kerkje. Er hing een aankondiging van een kerstsamenzang. Naast het kerkje lag het graf van Friedrich Nietzsche, net als dat van zijn ouders en zijn zus. Op zijn graf lag een verwelkte gele roos, met een steen erop zodat de bloem niet zou wegwaaien. Naast het kerkje stond het huis waar Nietzsche is geboren en heeft gewoond tot zijn vijfde jaar, totdat zijn vader overleed. Zijn vader was dominee, en omdat hun huis bij het ambt hoorde, moesten ze na diens overlijden verhuizen. De huidige dominee woonde nu nog steeds in dit huis. Hoe zou hij het vinden dat deze plek nu vooral werd bezocht door mensen die komen voor de filosoof wiens bekendste woorden luiden: 'God is dood'?

In de pastorie was een museumpje gewijd aan Nietzsche, dat geopend zou moeten zijn, maar dat was het niet. Onder het bordje met de openingstijden stond een telefoonnummer, afgeplakt met tape. Ik trok de tape weg om het telefoonnummer te kunnen lezen. Ik belde, maar kreeg te horen dat het nummer niet in gebruik was. Ik liep terug naar het graf, en ineens drong de absurditeit van deze onderneming tot me door. Hier stond ik in een klein Duits dorpje, in de kou, met geen mens te bekennen. Bij een graf.

De dood wordt ook weleens 'de grote gelijkmaker' genoemd. Hoe hoog de bergen die we tijdens ons leven beklimmen ook zijn, hoe groots ook onze prestaties – de dood zal al deze onderlinge verschillen genadeloos uitwissen. Ik merkte dat ik het moeilijk vond om hier mijn bewondering voor Nietzsche overeind te houden. Een standbeeld, ja, een standbeeld beeldt een persoon af in al zijn kracht en glorie. Zo staat er in Leipzig een groot standbeeld van J.S. Bach, veel groter dan de werkelijke schaal: Bach gezeten op een orgeltroon. Het is makkelijk om bij zoiets bewondering te voelen. Als een standbeeld de kracht van een persoon uitbeeldt, dan beeldt een graf het menselijk onvermogen uit. Ik had een behoorlijk lange reis gemaakt om daaraan herinnerd te worden.

Toch stemde het besef van mijn absurde onderneming me eerder vrolijk dan terneergeslagen. Het zou nog ongeveer drie uur duren voor Ulrich me hier weer zou ophalen. Het dorp leek uitgestorven, al verried de geur van haardvuur dat mensen zich binnen hadden verschanst. Aangezien hier verder geen röck te doen was – er was niet eens een café – besloot ik te gaan wandelen. Tijdens mijn wandeling passeerde ik maar liefst twee begraafplaatsen. Langzaamaan kreeg ik het gevoel dat dat het enige was wat je hier kon doen: doodgaan.

Al snel liep ik het dorp uit, over een smal paadje langs braakliggende kleigrond. Ik kon me moeilijk voorstellen dat Nietzsche als kleuter hier misschien wel vrolijk had rondgedarteld. Eigenlijk kon ik me moeilijk voorstellen dat de filosoof die ik zo vreeswekkend vond überhaupt ooit een kleuter was geweest.

In het naburige dorpje stond een gedenkmonument voor gestorven soldaten afkomstig uit dat dorp. Bovenaan de lijst van de gestorven soldaten van WO I stond: 'HELDEN GESTORVEN VOOR HET VADERLAND'. Bij die van WO II stond in minder trotse bewoordingen: 'OMGEKOMEN TIJDENS WO II'. Sneu dat je een held bent als je in de ene oorlog moet sterven, en in de andere een lotgeval waar men het liefst over zwijgt. Ook hier: chaos en toeval.

Door het gaas van een hekje heb ik nog een tijdje twee geiten gras gevoerd, en heb ik vervolgens op een bankje gewacht tot Ulrich me kwam ophalen.

* * *

Dit is dag drie. Ik ben blij dat ik weer in mijn hotel ben, en buiten levensgevaar.

Laatst op het terras vertelde je me, Koos, dat je ooit eens een onbekend plaatsje had bezocht, maar dat je in plaats van naar het centrum te gaan *om het plaatsje heen* was gelopen. Dat leverde allerlei onverwachte en opmerkelijke gebeurtenissen en ontmoetingen op. De moraal hiervan – zo heb ik het opgevat – is dat het soms beter is om niet te doelgericht te zijn, maar om simpelweg *open te staan*. Hoe dan ook heb ik je advies letterlijk opgevolgd en liep ik vandaag aan de rand van Leipzig, of aan de rand van het centrum, ik weet niet precies, door een vermoedelijk dure woonwijk. Toen ik door een beschaduwde straat liep met hoge gebouwen, werd ik plots uit mijn mijmeringen opgeschrikt. Met een enorme klap stortte iets op de grond, nog geen meter van me vandaan. In een reflex dook ik ineen. Het was een raamkozijn, of een deel daarvan. In de hele straat was verder geen mens te bekennen, waardoor je bijna wel moest vermoeden dat iemand het op mij gemunt had. Ik keek omhoog maar zag niets of niemand.

Ik weet niet of je dit soort onverwachte en opmerkelijke dingen bedoelde, Koos, maar ik begon een beetje aan je advies te twijfelen.

Het geval wilde dat ik, op het moment dat het gebeurde, aan het fantaseren was over prostituees. Ik probeerde me een hoerenbezoek voor te stellen, met alle risico's en morele overwegingen die daarbij komen kijken. Met risico's bedoel ik voornamelijk dat ik niet zou willen dat mensen erachter zouden komen. Daarom zou hier in Leipzig een uitstekend moment zijn.

Dit was ongeveer wat ik dacht toen het raamkozijn te pletter viel. En het voorval toont volgens mij mooi hoe wij mensen een natuurlijke neiging hebben om *een bedoeling* aan de dingen toe te schrijven. Als eerste ging ik namelijk op zoek naar een *menselijke* bedoeling: ik keek omhoog of iemand het op me had gemunt. Toen dit was uitgesloten, kwam er een andere gedachte bij me binnen: zou *een hogere macht* me straffen, of op zijn minst waarschuwen, omdat ik overwoog om een hoer te bezoeken?

Deze gedachte druiste volledig in tegen mijn goddeloze, onttoverde wereldbeeld. Maar het feit dat deze gedachte als een reflex in mijn bewustzijn opdook, bevestigt mijn vermoedens dat we een ingebakken neiging hebben om overal zinvolle verbanden in aan te brengen. Liever dat dan accepteren dat alles van chaos en toeval aan elkaar hangt. Het is nu eenmaal moeilijk te verteren dat we elk moment, zonder enige reden, door een raamkozijn verpletterd kunnen worden.

Dus op naar de hoeren!

De rest van de middag bracht ik wat verveeld op mijn hotelkamer door. Ik schreef wat en keek een aflevering van de serie *Band of Brothers*. Bewust heb ik hier een dvd-serie gekocht, zodat ik met behulp van de ondertiteling mijn Duits wat kon bijspijkeren. Ik kwam er nu achter dat ik mijn keuze echter niet helemaal goed had doordacht, aangezien de hoofdpersonages in deze serie Amerikaanse soldaten zijn die het opnemen tegen de Duitsers. Dus om hun dialogen in het Duits te lezen was ronduit verwarrend. Meerdere malen dacht ik: Aan welke kant staan jullie in hemelsnaam?!

Na een teleurstellend vervolg op mijn roomservicedebuut – na het overleven van een raamkozijn had ik het gevoel dat ik iets te vieren had, maar helaas wisten de zouteloze lauwe patatten dat gevoel niet in te lossen – kreeg ik een idee. Op internet zocht ik waar de rosse buurt van Leipzig was. Ik kwam terecht op een website met vrouwen wier adressen allemaal in dezelfde buurt lagen. Na het eten ben ik op de Straßenbahn Linie 14 gestapt. De bestuurder kon me geen kaartje verkopen, dat moest bij een automaat achter in de tram. Ik had geen kleingeld, dus hield ik bij elke halte angstvallig de ingang in de gaten voor controleurs.

Nietzsche bracht tijdens zijn leven geregeld een bezoek aan prostituees. Er is zelfs een kans dat hij bij een van deze bezoeken syfilis heeft opgelopen, de ziekte die mogelijk weer heeft geleid tot zijn mentale ineenstorting. (Hij heeft waarschijnlijk nooit met andere vrouwen het bed gedeeld dan prostituees.)

Ik was hiernaartoe gekomen om dichter bij de persoon Nietzsche te komen, om in zijn voetsporen te treden, en hoe kon ik dat beter doen dan hier de hoerenbuurt te bezoeken?

Hoewel mijn ethische overwegingen uiteindelijk te zwaar wogen, fantaseerde een klein deel van mij om ook daadwerkelijk met een prostituee naar bed te gaan. Zou ik Koos niet ontzettend trots maken als ik iets zou doen dat zo ver van me af stond? Het zou ongetwijfeld een *ervaring* opleveren, een ervaring die ik nooit uit boeken zou kunnen halen.

Hoe dan ook kon het geen kwaad om simpelweg in de rosse buurt rond te lopen. Bij halte Gießenstraße stapte ik uit. Hier in de buurt zouden de dames van plezier moeten zijn. Maar wat ik aantrof waren uitgestorven straten, met veel rolluiken die, net als de muren, volgespoten waren met graffiti. Het had iets weg van een industrieterrein. Waar was ik terechtgekomen? De sfeer was verontrustend en het liefst was ik meteen met de tram teruggegaan, maar ik spoorde mezelf aan om door te zetten. Bovendien moest ik iets van een winkeltje zien te vinden, om geld te wisselen voor de tram terug. Ik liep langs een bouwval, met een omheining die op meerdere plaatsen kapot was geknipt, en ik kreeg angstfantasieën dat uit het donker daklozen me zouden bespringen als zombies.

Met een bonkend hart liep ik verder. De meeste prostituees zouden twee straten verderop moeten zijn, maar ook die straat bleek volledig uitgestorven. Ik besefte dat Leipzig geen rosse buurt kende met raamprostitutie zoals Amsterdam. De prostituees zaten hier in anonieme gebouwen, waarschijnlijk was raamprostitutie verboden. Bij het teruglopen naar de tramhalte kwam ik in een aardedonkere steeg terecht. Ineens overkwam me een vlaag van paniek, en in een impuls besloot ik om zo snel mogelijk de steeg uit de rennen.

Ik meende ook op mijn laptop te hebben gezien dat er in de buurt een treinstation was. Nog in halve toestand van paniek sprak ik een man aan met een capuchon op. Liever had ik een man aangesproken zonder capuchon, maar die waren niet voorhanden. Als in een sketch van Van Kooten en De Bie vroeg ik naar *der Bahnhof*, alleen was het nu beduidend minder grappig. De man glimlachte eng en zei dat hij van niks wist. *Der Bahnhof* bleek uiteindelijk slechts een straat daarvandaan, wat me de man nog meer deed wantrouwen. Het station was gesloten, maar er was gelukkig wel een café met pooltafels. Ik bestelde een Baileys, om mijn zenuwen wat te bedwingen en zodat ik muntgeld had voor de tram terug. (Ik ben me ervan bewust dat Baileys voornamelijk wordt gedronken door bejaarde vrouwen die met bridge hebben verloren, en dat ik wellicht een betere indruk op je zou maken als ik had opgeschreven dat ik whisky had besteld. Maar ik wil me kwetsbaar bij je kunnen opstellen. Bovendien gaat voor whisky in mijn ogen een soortgelijk verhaal op als voor wijn: er zijn meer appetijtelijke toepassingen te bedenken voor graan dan whisky, zoals gerstepap of Cracottes.)

Nu mijn hartslag wat tot rust begon te komen, kon ik helder zien wat er feitelijk was gebeurd: ik was uit de tram gestapt, had twintig minuutjes rondgelopen, was als een angsthaas door een steeg gerend zonder enig concreet gevaar, en ik was weer op de tram terug gestapt. Zo bezien voelt het beetje alsof ik hier helemaal naartoe ben gereisd om een behoorlijk trieste nederlaag te lijden tegenover de non-existente rosse buurt van Leipzig.

***

Inmiddels zit ik weer in de trein naar huis. Hoe ik de afgelopen vier dagen moet beschouwen, weet ik niet. Ik heb niet het gevoel dat het bezoek aan het geboortedorp en het graf van Nietzsche me meer grip op hem heeft gegeven. Verder hoopte ik hier iets te leren van het leven wat ik in de bibliotheek niet zou leren; in plaats daarvan zag ik mijn leven bijna vroegtijdig beëindigd worden door een raamkozijn. En als dat me iets had moeten leren, dan had ik ook in Amsterdam rond kunnen lopen, waar je ook genoeg raamkozijnen hebt, en waar bovendien de hoerenbuurt veel minder eng is en de prostituees een stuk beter staan aangeduid.

Echt een goed idee van je dit, Koos. Maar goed, ik zal niet zomaar opgeven. In de woorden van Nietzsche: 'Wat me niet ombrengt, maakt me sterker.' Zo ook raamkozijnen.

Alle goeds,
Tim

2.

Brief uit Londen, waarin Tim het verschil tussen een gelukkig en een waardevol leven overpeinst

LONDEN, *28 januari 2015*

Beste Koos,

Afgelopen woensdag tot en met vrijdag (vandaag) was ik met reisgenoot Kees van Amstel in Londen. Kees is een collega van Comedytrain, met wie ik ondanks het leeftijdsverschil – hij is in de vijftig – bevriend ben geraakt. Het leek er aanvankelijk op dat ik me in Kees geen betere reisgenoot had kunnen wensen. Hij was zeer attent, maakte zich ondergeschikt aan mijn wensen. Hij was herstellende van een griep en liep nog rond met een hoestje. De dag voor vertrek zei hij dat hij het begreep als ik in een aparte kamer zou willen slapen, dan zou hij dat regelen. Ik zei dat dat niet nodig was. Bij ieder hoestje verexcuseerde hij zich. En hij had zelfs oordopjes voor me meegenomen, zodat hij me 's nachts niet uit mijn slaap zou houden.

Toen we echter na het avondprogramma in onze hotelkamer terugkwamen, begon het geklapper van scheten. En het hield niet op. Toen ik er wat van zei, bemerkte ik weinig verontschuldigends in zijn stem. 'Zo zit mijn maag nu eenmaal in elkaar. En ze stinken ook erg.'

Vreemd genoeg had Kees blijkbaar het idee dat ik meer bezwaar zou maken tegen een sporadisch kuchje dan tegen de gasvormige verspreiding van zijn darminhoud.

Afijn, ik heb ook mijn makken als reisgenoot. Ik heb al vaker kritiek gekregen op het driemaal per nacht luidkeels bidden tot Gerrit Speentjes, de door mij verzonnen god, die de aarde in drie dagen, twee uur en dertien minuten heeft geschapen. Want je hebt almachtig, en je hebt almachtiger. Sterker nog, volgens mijn geloof had Gerrit daarna niet eens een rustdag nodig; hij heeft een Cup-a-Soupje genomen en is daarna gewoon meteen verdergegaan met de volgende planeet, waarmee hij zichzelf echt heeft overtroffen, door niet alleen voor de flora en fauna te zorgen, maar ook voor infrastructuur, goed functionerende democratieën en voldoende pannenkoekenrestaurants. Ook geloof ik dat Prem Radhakishun zijn profeet is, maar dat die zijn functie gewoon heel slecht vervult, omdat hij steeds afgeleid raakt door iets waar hij zich over opwindt.

De aanleiding voor ons bezoek aan Londen bestond uit een comedyshow en een toneelstuk. Daarbij had ik nog een persoonlijke reden: een bezoek aan het British Museum, dat voorheen een bibliotheek was. Dat is de plek waar Karl Marx dagelijks zwoegde op zijn magnum opus *Das Kapital*.

Tijdens mijn studie kwam ik erachter dat er filosofen waren wier ideeën me prikkelden op een intellectueel niveau. En er waren filosofen met wie ik het niet zozeer eens was, maar die me op een meer persoonlijke manier troffen. Een van hen was bijvoorbeeld Jean-Jacques Rousseau (1712-1778). Aan het eind van zijn leven, als hij een teruggetrokken bestaan leidt en teleurgesteld is in de mensheid, zichzelf zelfs verraden voelt door zijn medemens, schrijft hij *Overpeinzingen van een eenzame wandelaar*. Ik las het toen het ook even niet wilde boteren tussen mij en de mensheid, en bovendien nadat mijn eerste echte vriendin het na vijf jaar uitmaakte. Het simpele feit dat iemand anders voelde wat ik voelde – of meer dan tweehonderd jaar geleden iets soortgelijks heeft gevoeld – troostte me. Dat is vermoedelijk ook de reden dat er een forum bestaat voor mensen die het fijn vinden om ijsblokjes te kauwen (www.icechewing.com).

De tweede filosoof die me op een meer persoonlijk niveau raakte, was Karl Marx (1818 - 1883). Waar Rousseau resoneerde met mijn eigen gevoelens van eenzaamheid en vervreemding, resoneerde Marx met een gevoel van strijdvaardigheid. Marx was getuige van de mensonterende arbeidomstandigheden tijdens het begin van de negentiende eeuw. De industrialisatie was in volle bloei, wat betekende dat arbeiders tegen een hongerloontje werden uitgebuit in smerige fabrieken, terwijl de eigenaren van de fabrieken, de kapitalisten, enorme rijkdommen vergaarden.

Ik heb vaak met Marx te doen gehad, als hem weer eens de schuld in de schoenen wordt geschoven van wat mannen als Stalin en Mao uit naam van het communisme uitvraten. Al tijdens zijn leven kon hij zich niet herkennen in hoe mensen omsprongen met zijn ideeën. 'Je ne suis pas marxiste,' zei hij ooit. (Geen idee waarom hij het in het Frans zei. Misschien was hij op vakantie in de Provence, toen de campingeigenaar hem confronteerde met de rotzooi die een stelletje marxisten hadden achtergelaten.) Ondanks al zijn makken en onhebbelijkheden – en dat waren er nogal wat – geloof ik werkelijk dat Marx ten diepste een idealist was, bewogen door een gevoel van medemenselijkheid, en dat het hem erom te doen was de arbeiders te bevrijden van hun vernederende ketenen. En dat hij zou gruwelen van zoiets als Stalins goelagarchipel. Marx was een man die schreef: 'Een doel dat onrechtvaardige middelen nodig heeft, is geen rechtvaardig doel.' Hij werd door de geschiedenis op één hoop gegooid met een meedogenloze tiran die dingen zei als: 'De dood is de oplossing voor elk probleem. Geen mens – geen probleem.'

Het laatste deel van zijn leven woont Karl in Londen, in politieke ballingschap. Zoals gezegd werkt hij in de Britse bibliotheek aan zijn hoofdwerk, *Das Kapital*. Elke dag van negen uur 's ochtends tot zeven uur 's avonds, wanneer de bieb sloot. En thuisgekomen werkt hij verder. Hij maakt soortgelijke uren als de mensen in de fabrieken. Ondertussen wordt hij gegeseld door een keur aan lichamelijke klachten: hij lijdt aan chronische hoofdpijn, afgrijselijke kiespijnen, heeft overal zweren in zijn mond, oogontstekingen, leverziektes, steenpuisten op zijn achterwerk. Tijdens het schrijven rookt hij aan één stuk door, wat ook zijn tol eist: aan het eind van zijn leven heeft hij ernstige bronchitis. Er zijn momenten waarop hij noch kan zitten, noch kan staan, noch kan lopen. Elk kleine beetje geestkracht dat hij bij elkaar kan schrapen, besteedt hij aan zijn boek. Twintig jaar lang zwoegt hij. En dan voltooit hij *Das Kapital*. Althans het eerste deel, waarvan amper een exemplaar verkocht wordt. Voordat hij de twee andere geplande delen kan schrijven, overlijdt hij.

***

Na aankomst met de trein lunchten we bij Vanilla Black, een vegetarisch restaurant dat in aanmerking is gekomen voor een Michelinster. Ik had een soep van doperwten besteld. Eerst werd een leeg bord opgediend, en vervolgens kwam iemand anders met een soort kruik de soep inschenken. Het is me een raadsel waarom ze dat niet al in de keuken deden, maar chic voelde het zeker. Onbegrijpelijk dat ze die Michelinster zijn misgelopen.

Na de lunch bezochten we het British Museum. Wat ik niet van Kees wist, en wat ik ook niet achter hem had gezocht, is dat hij in zijn studententijd communistische sympathieën had. In Oost-Duitsland had hij ooit nog een poster van Marx en Engels gekocht. *Das Kapital* had hij nooit gelezen: te dik, te moeilijk. Zelf ben ik ook na een paar pogingen afgehaakt. Het boek bestaat uit ruim vijftienhonderd pagina's droge tekst. Met bovendien vrij kleine letters. En veel voetnoten, wat betekent: nog kleinere letters. En je moet bedenken dat de revolutie zou moeten komen van arbeiders die in fabrieken werden uitgebuit door de kapitalisten, soms wel zestien uur per dag. Als je na een werkdag van zestien uur thuiskomt, dan ga je niet zo'n boek lezen. Dan heb je behoefte aan iets luchtigs, aan een beetje ontspanning, iets met plaatjes.

Ironisch genoeg zou het werk vermoedelijk een stuk invloedrijker zijn geweest als Marx wat minder hard had gezwoegd in deze bibliotheek. Zijn *Communistisch Manifest* bijvoorbeeld, dat hij waarschijnlijk in een paar middagjes in elkaar heeft geflanst, is door oneindig veel meer mensen gelezen. En zoals we bij Mao en Stalin hebben gezien, gaat er dan natuurlijk wel iets van de nuance verloren. Maar ja, je kunt ook niet van Mao en Stalin verwachten dat ze duizenden pagina's gaan doorploegen. Het land moet ook bestuurd worden.

Het museum is een indrukwekkend classicistisch gebouw. In het midden van de hal prijkt de 'Reading Room', die geïnspireerd is op het Pantheon in Rome en die Marx dus gebruikte als flexplek (avant la lettre). Tot onze teleurstelling was het gesloten, je kon er alleen op afspraak naar binnen. Kees geloofde het wel en ging in de rest van het museum bekijken 'wat voor moois de Britten in de koloniale tijd bij elkaar hadden geroofd.' Ik wilde nog even bij Marx in de buurt blijven. Terwijl ik rondjes liep om de Reading Room, vroeg ik me af of je Marx' leven geslaagd kon noemen. Het antwoord ligt voor de hand. Natuurlijk niet: het was een grote lijdensweg, zijn levenswerk kon hij aan de straatstenen niet kwijt, en als trap na zijn er na zijn dood miljoenen slachtoffers gemaakt uit zijn naam. Maar de vraag wanneer zijn leven dan wel geslaagd was geweest, is moeilijker te beantwoorden.

Tegenwoordig is het een populaire gedachte dat het leven draait om gelukkig zijn. 'Als je maar gelukkig bent.' Als ik dat hoor, moet ik weleens aan Karl Marx denken. Naast al zijn lichamelijke kwellingen, ziet hij tijdens zijn leven ook nog eens drie van zijn zes kinderen sterven, alsook zijn vrouw Jenny. Marx zelf is op dat moment te ziek om haar begrafenis bij te wonen. Ik kan me moeilijk voorstellen dat hij erg gelukkig is geweest.

Maar stel nu, als gedachte-experiment, dat er iemand op een dag naar hem toe was gekomen, terwijl hij zat te werken in de Britse bibliotheek, en diegene zegt tegen Marx: 'Luister, Karl, hier heb ik een gelukspil. Als je deze pil neemt, voel je je volmaakt gelukkig. Een intense, onafgebroken geluksbeleving tot aan je dood.' Ik ben er vrij zeker van dat Marx vriendelijk had bedankt en weer aan het werk was gegaan. Omdat hij voor iets anders leefde dan voor zijn eigen geluk. (En omdat je helemaal niet weet of zo iemand te vertrouwen is natuurlijk. Wie weet wat er allemaal in die pil zit, er is een hoop rommel op de markt.) Als onze geliefde op sterven ligt, of een kind van ons overlijdt, dan willen we toch niet dat onze reactie er een is van onverstoorbare gelukzaligheid? Het feit dat het ons aangrijpt duidt erop dat het iets voor ons betekent. Op dezelfde manier zou Marx niet hebben gewild dat het onrecht van zijn tijd hem onverschillig had gelaten.

En ik hoop dat ik dezelfde keuze zou maken als Marx. Omdat het nemen van zo'n gelukspil volgens mij ongeveer op hetzelfde neerkomt als zelfmoord plegen.

Als je mijn intuïtie deelt, Koos, dat het verkeerd zou zijn om zo'n pil te slikken, ondermijnt die het algemeen geaccepteerde idee dat het leven draait om de ervaring van geluk. Ik denk dat als we werkelijk om iets geven, als we iets werkelijk waarderen – onze geliefde, onze vrienden, onze idealen, wat dan ook – dat dat min of meer losstaat van hoeveel geluk het ons oplevert. Stel dat je geliefde ineens terminaal ziek wordt, en ze je vanaf dat punt waarschijnlijk vooral nog zorgen en verdriet zal bezorgen. Dan zou het toch onmenselijk zijn om uit een negatieve kosten-batenanalyse te concluderen dat je haar het beste kunt verlaten en haar zo snel mogelijk moet proberen te vergeten?

Volgens mij zegt het veel over ons egocentrische wereldbeeld dat we het geluk een monopoliepositie toekennen als het gaat om waar we voor leven. Werkelijk om iets geven betekent volgens mij juist dat je bereid bent je geluk ervoor te riskeren. Alleen moet ik voor mezelf nog ontdekken wat dat is.

* * *

Nadat we 's avonds een comedyshow hadden gezien, streken Kees en ik neer in een sfeervolle jazzclub. Na een paar drankjes verdiepte het gesprek zich. Kees is een zachtaardige man die enigszins teleurgesteld is over hoe zijn leven is gelopen. Hij had bijvoorbeeld wel graag kinderen gehad. Theoretisch gezien kan dat alsnog, al heeft hij momenteel geen vaste partner. Toch is hij niet geheel ontevreden. Hij vertelde dat hij blij is dat hij zoveel heeft gereisd. 'Ik ben op alle vijf de continenten geweest. Sindsdien heb ik een soort rust.'

Zo'n uitspraak vind ik werkelijk wonderlijk. Dat bijvoorbeeld het bezoeken van alle continenten ons het gevoel kan geven dat we iets wezenlijks hebben voltooid, iets wat zelfs op een existentiële manier rust geeft. Terwijl het zo volstrekt arbitrair is! In mijn vorige brief schreef ik je over Nietzsche en zijn idee dat de wereld in wezen chaos is. Is dit niet het perfecte voorbeeld? Allereerst is de definitie van wat een continent is al arbitrair. Op Wikipedia lees ik: 'Een continent is een zeer grote landmassa die niet of vrijwel niet met andere landmassa's verbonden is.' Omdat je dit op meerdere manieren kan interpreteren, is er ook geen overeenstemming over hoeveel continenten er zijn. Vijf? Zeven? Zijn Noord- en Zuid-Amerika twee aparte continenten of vormen ze samen één continent? En als het er twee zijn, waar ligt dan de grens? Arbitrair. Zijn Azië en Europa aparte continenten? Of hoort het tot dezelfde landmassa, Eurazië? En wat 'zeer grote landmassa' betekent is ook arbitrair. Over het algemeen wordt Australië beschouwd als continent, maar Groenland als een eiland. Terwijl ik Groenland toch ook wel 'zeer groot' vind voor een eiland, in elk geval ten opzichte van bijvoorbeeld Vlieland.

Natuurlijk heb ik Kees niet lastiggevallen met dit soort bespiegelingen, maar het is toch oneindig interessant hoe we de wereld voor onszelf behapbaar maken door er orde in aan te brengen. En hoe we die aangebrachte orde vervolgens gebruiken om bijvoorbeeld onze levensdoelen te formuleren; hoe we die zelfs gebruiken als maatstaf voor een geslaagd leven. Sinds jaar en dag hebben mensen hun hoofd gebroken over *de zin van het leven*. Blijkt dat het antwoord maar net afhangt van hoeveel continenten je telt.

Daarom kun je mensen misschien ook niet kwalijk nemen dat ze vooral streven naar een *gelukkig* leven. Misschien is een gelukkig leven volstrekt waardeloos. Maar wat waardevol is, laat zich moeilijk definiëren. Geluk is tenminste tastbaar.

***

De volgende dag hebben Kees en ik een toneelstuk gezien van mijn favoriete comedian Daniel Kitson. Nooit eerder zag ik zo'n komisch en tegelijkertijd geestelijk prikkelend stuk. Het personage gespeeld door Kitson woont in een boom, al negen jaar. Hij raakt in gesprek met een jongen die daar heeft afgesproken met een meisje om te picknicken. De boombewoner vertelt dat hij ooit in die boom is gaan zitten als protest, de eik dreigde te worden omgehakt. Een duidelijk thema van de voorstelling was: wat betekent het om te staan voor een overtuiging? Later werd duidelijk dat het protest allang zinloos was geworden, het plan om de boom om te hakken was al jaren van de baan. Toch bleef hij in de boom wonen. 'Wat ik ook doe, waar ik ook voor opsta, er zullen altijd andere dingen zijn waar ik niet voor zal opstaan. Dít heeft nu voor mij betekenis gekregen.'

Het was een verademing om een stuk te zien waarin zonder verontschuldiging een filosofisch statement werd gemaakt. Bij nader inzien had ik wel m'n twijfels over het statement zelf. Als je zo graag in een boom wilt blijven wonen, kun je dan niet beter een boom zoeken die wél dreigt te worden gekapt?

Net nog gebruikte ik het voorbeeld van Marx om aan te tonen dat er meer is dan het nastreven van een gelukkig leven, namelijk het nastreven van een betekenisvol leven. Enerzijds zou je kunnen zeggen dat Kitsons personage dit onderkent: in een boom blijven wonen heeft voor hem betekenis gekregen. Anderzijds lijkt hier intuïtief toch ook iets mis te gaan. Volgens mij kunnen we namelijk niet zomaar persoonlijk beslúiten dat iets betekenis heeft. Stel dat iemand besluit dat het betekenis heeft om zijn leven te wijden aan aspergeplanten te leren praten. Is het daarom betekenisvol? Nee, dit is zinloos en raar. Net als in een boom wonen die allang niet meer dreigt te worden gekapt. Volgens mij is het onze taak om met de boombewoner en de aspergefluisteraar in gesprek te gaan en ze ervan proberen te overtuigen dat er een meer zinvolle relatie tot de werkelijkheid mogelijk is.

Tijdens mijn studie filosofie wierp een docent eens de volgende vraag op: stel dat de mens uitsterft, sterker, stel dat al het leven op aarde uitsterft, en er ook geen hoop zou zijn op nieuw leven, maar dat alle grote kunstwerken bewaard zouden blijven: de Mona Lisa, de Nachtwacht, de schilderingen in de Sixtijnse Kapel et cetera. Zijn deze kunstwerken dan nog van waarde? Oftewel, hebben ze waarde in zichzelf?

Dit is een vraagstuk waar binnen de filosofie veel discussie over is. Wat mij betreft is het antwoord een duidelijk nee. De neiging om aan dingen een objectieve, eeuwige waarde toe te kennen komt volgens mij voort uit de onwil om onze menselijke conditie onder ogen te komen: namelijk dat alles vergankelijk en betrekkelijk is. Dit betekent niet dat alles maar subjectief en individuele smaak is, of dat er niks van waarde bestaat. Waarde en betekenis ontstaan in de relatie tussen dingen, tussen mensen. De Mona Lisa heeft waarde zolang er een menselijke gemeenschap is die de schoonheid *waardeert*.

Waarde en betekenis zijn volgens mij alleen mogelijk tegen de achtergrond van een gesprek, een gesprek dat een samenleving over meerdere generaties voert. Dat is volgens mij ook wat cultuur is: de beste, voorlopige uitkomsten van dat gesprek. Dat is in de notendop de moraal van mijn voorstelling, dat er tussen objectief en subjectief nog een middenweg bestaat: *intersubjectief*. In feite zou ik het podium kunnen opkomen en zeggen: 'Jongens, luisteren even, dit gaat helemaal mis zo in de wereld. Laat ik jullie van jullie filosofische verwarring afhelpen. Het objectivisme is dogmatisch, en heeft als gevaar dat we anderen opofferen aan onze waarheid.

Het subjectivisme maakt ons persoonlijke perspectief tot waarheid, en vormt al snel een excuus om ons egoïsme te legitimeren. Maar er is een derde weg: naast "objectief" en "subjectief" bestaat er namelijk nog "intersubjectief". Daar moeten we onze hoop op vestigen. Nog een fijne avond.'

Maar goed, dat zal wel weer geen theater zijn.

Alle goeds,
Tim

3.

Brief uit Parijs, waarin Tim, om het luchtig te houden, op zoek gaat naar de uiterste conclusie van onze sterfelijkheid

PARIJS, 23 *maart 2015*

Beste Koos,

Op het moment van schrijven zit ik in de Thalys richting Parijs. (De treinstewardess, of hoe dat ook moge heten, heet 'Lieve'. Dat lijkt me een vrij effectieve manier om ervoor te zorgen dat je kind geen dictator wordt. In elk geval geen geloofwaardige.)

Vanaf volgende week gaat de try-outtour vol van start, dan speel ik tot aan de zomer zo'n twee try-outs per week. Dit is dus voorlopig mijn enige kans om nog even op reis te gaan. Want al kan ik nog niet precies zeggen wat, ik heb toch het gevoel dat het reizen me iets oplevert. Het besluit om naar Parijs te gaan kwam toen ik de volgende regel tegenkwam van Albert Camus, een van mijn filosofische helden: 'De mens is sterfelijk. Men kan desondanks de hoofden tellen die daar de uiterste conclusie uit hebben getrokken.'

Sindsdien heb ik veel aan die regel gedacht. Sowieso heeft de dood me de afgelopen weken veel beziggehouden. Vorige maand is mijn opa Hans overleden. Lange tijd heeft hij geen contact met ons gewild, dus ik heb hem pas leren kennen toen ik vijftien was. Het was een vriendelijke, intelligente man, en bovendien iemand met artistieke talenten. Hij schilderde, schreef verhalen en gedichten, al heeft hij er nooit zijn beroep van gemaakt.

Ook was hij een ijdele man. Hij had een prachtige bos haar, die hij tot op het laatste moment liet glanzen met wax. Ik hoop dat ik zijn haar erf, en niet de kale plek van mijn vader. Al toont deze gedachte misschien dat ik in elk geval mijn opa's ijdelheid heb geërfd.

Hier bovenop is het precies tien dagen geleden dat mijn dierbare vriend René Gude is overleden. Een paar maanden terug hadden we al een keer afscheid genomen, toen het einde ineens heel dichtbij leek. Zoals altijd stak ik met de pont het IJ over en enterde zijn woonboot. René was verbonden aan een zuurstoffles, die hem weinig mobiel maakte. De longkanker was inmiddels zover gevorderd dat de paar meter naar het toilet hem al volledig buiten adem liet.

Huilend kwam ik de woonark binnen. Ik plofte naast hem neer op bed en hij sloeg troostend en sussend z'n arm om me heen. 'Ach, jongen toch,' zei hij, alsof het allemaal zo erg toch niet was. En misschien omdat er over zijn aanstaande dood verder weinig zinnigs te zeggen was, hebben we even later nog een passage uit een boek van filosoof Peter Sloterdijk gelezen en besproken, een passage die met dit alles niks van doen had.

Uiteindelijk bleek het vals alarm: na dat afscheid heeft René nog een paar maanden geleefd. Hij kreeg zelfs nog een opleving. En nu, iets meer dan een week geleden, had het noodlot vrij onverwachts alsnog toegeslagen.

Het is moeilijk uit te drukken hoe uniek René was, al zal iedereen die hem heeft gekend het onmiddellijk beamen. Als kind zag ik mijn ouders als mensen die alle antwoorden hadden. Later begreep ik dat zij ook worstelden met het leven, onzeker waren, bij tijd en wijle radeloos waren. En toen ontmoette ik René. Bij hem had ik weer datzelfde gevoel, dat er voor al mijn zorgen een oplossing was. Het is een godsgeschenk geweest dat ik hem heb mogen ontmoeten, en ook nog eens op een punt in mijn leven dat ik zijn wijze raad het hardst nodig had. Nu voelt het als een wrede daad van de goden dat ze hem mij al zo snel hebben ontnomen. Ik ga hem missen.

Afgelopen oudejaarsavond zond de VARA een programma uit met de naam *Die komen eraan*. De opzet was dat allerlei gearriveerde mensen – wetenschappers, presentatoren, kunstenaars, zangers – een jong talent aandroegen van wie we vermoedelijk meer zouden gaan horen. Ik had de eer om een van de jonge talenten te zijn, en René zei in een videoboodschap, opgenomen op zijn woonboot, allemaal lieve, vleiende dingen over me. Bijzonder eervol, en ook wat ongemakkelijk om daar in een studio op te moeten reageren. De laatste woorden van Renés videoboodschap waren: 'Tim is het leven na mijn dood.'

Veel mensen interpreteerden deze woorden zo dat René mij zag als zijn opvolger. Ik las er daarentegen Renés filosofie over sterven in: tijdens ons leven zetten we allemaal dingen in werking, werken we aan projecten, die na onze dood nog doorgaan, voortleven, als de rimpels in het water nadat we er een steen in werpen. René zag mij niet als zijn opvolger, maar als een van die rimpels. Nog steeds ontzettend eervol uiteraard, maar wel een verschil. En gelukkig maar, want de verantwoordelijkheid hem op te moeten volgen, was me sowieso te veel geweest.

René ontleende troost aan het idee dat we rimpels in het water nalaten. En ik begrijp wat hij ermee bedoelde, maar toch heeft het op mij niet hetzelfde troostrijke effect. Ik moest steeds weer denken aan de woorden van Camus, en wat hij bedoelde met 'de uiterste conclusie uit onze sterfelijkheid'. Misschien kon ik daar in Parijs achter komen.

***

De reis begon met een aantal tegenslagen. Een taxi bracht me van Gare du Nord naar mijn hotel, waar ik een niet geheel vlekkeloze entree maakte. Bij de ingang van het hotel bleef mijn rolkoffer achter de drempel haken. Ik trok er met kracht aan om hem over de drempel te krijgen, maar ik vergat dat er voor mijn voeten een vrij hoge opstap was. Hier struikelde ik overheen en ik kwam met mijn gezicht tegen de glazen deur terecht. Achter het glas stond een groep Chinese toeristen, die me recht in mijn gezicht uitlachten, onder wie ook een klein meisje.

Nadat ik mijn kamp had opgezet, bekeek ik op mijn hotelkamer waar het graf van Albert Camus te vinden was. Ik wist dat hij het laatste deel van zijn leven in Parijs heeft gewerkt, dus ik ging er vanzelfsprekend van uit dat Albert hier ook begraven lag. Het was beter geweest als ik dat even had gecheckt vóór het boeken van deze reis, dat geef ik gelijk toe. Hij bleek namelijk ergens in Zuid-Frankrijk te liggen, in de buurt van zijn buitenhuis. Ik besloot om er desondanks het beste van te maken, en toog naar het Louvre.

De zon scheen fel, waardoor de glazen piramide van het museum werkte als een broeikas. Ik volgde de bordjes naar de Mona Lisa. Die 'moet' je immers hebben gezien. Ik hou er niet van als mensen zeggen dat je iets 'moet' zien, of 'moet' doen. Meestal heb ik achteraf het gevoel dat ik mijn leven ook prima had kunnen leiden zonder dat ik datgene had gezien of gedaan. En toch trap ik er elke keer weer in.

Uiteindelijk was daar de Mona Lisa. Wat kan ik ervan zeggen? Ze hing er. En ze leek als twee druppels water op de foto's die ik weleens van haar had gezien. Ze was niks veranderd. Voor dit kleine schilderijtje was een gigantisch stuk muur beschikbaar gesteld, een nogal inefficiënt gebruik van de ruimte. Er hadden makkelijk nog een paar schilderijen naast gekund. Dat irriteert me ook aan chipszakken, die voor meer dan de helft gevuld zijn met lucht. Stop ze gewoon vol met chips.

Ik liep nog wat meer rond, maar het deed me allemaal niet zoveel. In veel zalen lagen allerlei objecten uit de oudheid uitgestald. Poppetjes, potten, gebruiksvoorwerpen. Ik snap dat het oud is, en dat het daarom zonde is om weg te gooien, maar de zin om het uitgebreid te gaan bezichtigen ontgaat me.

Het enige wat me raakte was een oude Griekse kruik van aardewerk, zo'n 750 jaar voor Christus gemaakt in Athene. Het was de grootste die ik ooit had gezien, misschien wel een meter doorsnee. De bovenkant was nog intact, maar de volledige onderste helft miste. De kruik kon dus niet neergezet worden. In plaats daarvan hing hij. Er was een soort teugel gemaakt om de pot in de lucht te houden. Het voelde alsof de kruik daar tegen zijn zin in werd vastgehouden. 'Laat me alsjeblieft gewoon instorten en vergaan,' leek hij te zeggen. Als een bejaarde die allang klaar is met leven, maar die de artsen nog krampachtig met medicatie overeind houden. Het hele museum voelde ineens als een krampachtig verzet tegen het simpele en natuurlijke principe van vergankelijkheid.

Weer buiten zat ik op de rand van een fontein, gebogen over mijn kaart. Een jonge vrouw, ongeveer mijn leeftijd, kwam naast me zitten en bood me een koekje aan. Ze had mooi donker haar en vrolijke bruine ogen. Onhandig grabbelde ik in het pak om er één uit te pakken en bedankte glimlachend. Moest ik nu een praatje beginnen, nu zij de eerste stap had gezet? Ik durfde niet goed.

Ik ben altijd een lafaard geweest als het gaat om vrouwen. In feite is mijn enige strategie aardig en grappig proberen te zijn zonder romantische interesse te laten blijken, maar er ondertussen wel voor proberen te zorgen dat zij gaat denken: Hm, die Tim is eigenlijk best wel een leuke jongen. Het is een strategie die vooral is gericht op het voorkomen van schaamte en afwijzing.

Toch zit er ook wel echt een gedachte achter. Mijn theorie is namelijk dat de knapste vrouwen gewend zijn om dagelijks door allerlei mannen benaderd te worden met agressieve versiertrucs, en dat ze daar moe van worden. Hier speelt mijn defensieve tactiek feilloos op in.

Even later vroeg ze of ik nog een koekje wilde. Toen ik afsloeg, vroeg ze waar ik vandaan kwam. Het gesprek was geopend. Meer dankzij haar moed dan de mijne. Ze heette Dorothea. Ze was half Roemeens, half Jordaans en studeerde architectuur in Italië. Toen ze vertelde dat ze de Notre-Dame wilde zien, schraapte ik wat moed bij elkaar en vroeg of ze het goed vond als ik met haar meeging. 'Dat zou ik heel leuk vinden. Ik reis juist alleen om nieuwe mensen te ontmoeten.' In de subtekst hoorde ik daar achteraan: 'Daarom bied ik totale vreemden koekjes aan.' Doortrapt, heel doortrapt.

Langs de Seine liepen we naar de Notre-Dame, ze vertelde me het een en ander over de architectuur ervan. In ruil daarvoor moest ik haar iets over filosofie vertellen. Ik zei haar dat ik hier eigenlijk naartoe was gekomen voor een van mijn favoriete filosofen: Albert Camus. Dat ik me had vergist in waar zijn graf lag, en dat ik nu maar naar zijn stamcafé Café de Flore zou gaan. Ook vertelde ik over zijn essay *De mythe van Sisyphus*, waarin Camus de vraag behandelt of het leven de moeite waard is geleefd te worden. Volgens hem is dat de belangrijkste van alle filosofische vragen. Immers: als het antwoord op die vraag 'nee' is, dan kunnen we er beter een eind aan maken. En in dat geval doet het er niet zoveel meer toe waarom de bananen krom zijn, om maar een andere belangrijke filosofische vraag te noemen.

Volgens Camus is het bestaan absurd. In zijn woorden: 'Het absurde ontstaat uit de confrontatie van de mens die vraagt, en de wereld die op onredelijke wijze zwijgt.' Oftewel: de mens heeft een behoefte aan zin en betekenis, maar de kosmos beantwoordt die behoefte met een oorverdovende stilte. In elk geval reikt een absolute zinvolheid zich niet aan ons aan. Wat de kwestie verder op scherp stelt, is dat we leven in het aangezicht van de dood. In feite zijn we allen veroordeeld tot de doodstraf, of we nu schuldig zijn of niet.

In *De mythe van Sisyphus* is de absurde held degene die niet onze absurde conditie ontkent, maar degene die haar recht in de ogen kijkt en haar omarmt als een vorm van vrijheid, zelfs als bron van geluk. Zoals Sisyphus in de Griekse mythologie door de goden wordt veroordeeld om tot in de oneindigheid een rots een berg op te duwen, zo zijn wij ook tot zinloosheid gedoemd. Maar als we dat lot dapper aanvaarden, kunnen we het in zekere zin ontstijgen.

Dorothea vond dit '*so depressing*'. Dit begreep ik niet helemaal. Camus kwam er toch juist op uit dat we géén zelfmoord hoeven te plegen? Ik weet niet wat zij had verwacht, maar dit leek me goed nieuws.

Mijn enige onvrede bij de mythologische analogie is alleen dat Sisyphus *als enige* tot zijn zinloze lot veroordeeld is. Hij kan daarom zijn lot met niemand delen. Daar loopt volgens mij de analogie spaak met onze eigen conditie, waarin we omringd zijn door lotgenoten. Dat biedt een mogelijkheid tot troost en solidariteit. Soms kunnen we een ander een handje helpen zijn rots omhoog te duwen.

De vrolijk door het leven fladderende, koekjes knagende Dorothea, die dit allemaal maar deprimerend vond, deed me beseffen dat men – vrij naar Camus – de hoofden kan tellen van degenen die dit lotgenootschap inzien. Jammer. Voor mij zou het in elk geval een enorme troost zijn als meer mensen zouden inzien hoe hopeloos onze situatie is.

Misschien valt je de filosofische gelijkenis op tussen Nietzsche en Camus: de grondeloosheid van dit alles. Biografisch hebben ze ook een belangrijke gelijkenis: net als Nietzsche mist Camus een vader. In het geval van Camus overlijdt zijn vader in 1914 als soldaat in de Eerste Wereldoorlog. Albert Camus zelf had open tuberculose. Hij is nog maar zeventien als de arts hem opgeeft: 'U bent sterk en ik moet openhartig tegen u zijn: ik kan u zeggen dat u gaat sterven.' Uiteindelijk haalt Camus nog de negenenveertig, maar het gevoel ter dood veroordeeld te zijn laat hem zijn hele leven nooit meer los. Toch moet je niet denken dat het besef van zijn sterfelijkheid hem pessimistisch maakte, integendeel! Het wakkerde in hem juist een intense levenslust aan. Hij hield gepassioneerd van het leven, juist omdat hij wist dat het eindig was. Wie leeft alsof hij onsterfelijk is, zoals de meesten, leeft als in een slaperige roes van relatieve onverschilligheid. Bovendien schijnt Camus een vurig minnaar te zijn geweest. Er wordt gezegd dat hij 'de liefde bedreef zoals een ander een glas water drinkt'. (Waarbij ik me afvraag: zou dit niet ook kunnen betekenen dat het klaar was binnen tien seconden?)

Ironisch genoeg berooft uiteindelijk niet zijn ziekte Camus van het leven, maar een plataan, waar hij als bijrijder met een auto tegen te pletter rijdt.

Na een tijdje besloten Dorothea en ik samen ergens te gaan eten. Zij had zin in Chinees (wantrouwend dacht ik: Zeker zodat je gelukskoekjes kan stelen om nog meer nietsvermoedende reizigers mee te verleiden), en zo geschiedde. Ik bestelde tofu, waarop ik een schaal taugé geserveerd kreeg. Toen ik vroeg of er nog tofu kwam, wees de serveerster op de taugé. Dat was mijn maaltijd. Rijst met taugé. Het wilde tijdens deze reis maar niet boteren tussen mij en de Chinezen.

Na het eten was het inmiddels donker. Dorothea en ik wilden allebei een andere kant op. Zij wilde een modern, architectonisch interessant gebouw bekijken; ik wilde naar Café de Flore. We besloten afscheid te nemen. Misschien zouden we morgen nog even afspreken. Ze gaf me haar telefoonnummer, en we liepen allebei een andere kant op.

Meteen bedacht ik: waren de filosofische bestemmingen – het graf van Nietzsche, Café de Flore – niet maar gewoon een aanleiding? Was het eigenlijke punt niet om buiten mijn planmatige kaders te treden, om open te staan voor het onverwachtse? Nu had ik een ontmoeting met een Roemeens-Jordaanse vrouw toch weer afgebroken voor een vooropgezet plan.

Ik draaide me om en zette een sprintje in.

In films hebben we talloze keren deze scène gezien: een man en vrouw die allebei niet op liefde zitten te wachten ontmoeten elkaar, ze lachen samen, komen erachter dat ze allerlei specifieke dingen met elkaar delen, en de liefde overvalt ze, al lijken ze dat aan zichzelf nog niet toe te geven. Als de kijker nog enige twijfel heeft dat de twee voor elkaar bestemd zijn, wordt die wel weggenomen door de o zo melodramatische en o zo hartverwarmende muziek. En dan komt er aan de romantische idylle een einde. Het onvermijdelijke afscheid is daar, de man moet zijn vliegtuig halen. Bij het afscheid zit er twijfel in hun lichaamstaal: zullen ze elkaar zoenen? 'Doe het! Zoen haar!' schreeuw je als kijker. (Tot groot ongenoegen van de rest van de mensen in de bioscoopzaal.) Een zoen blijft uit, en de man stapt op het vliegtuig.

Als kijker voel je: de natuurlijke orde is verstoord, een ramp heeft zich voltrokken. En dan ineens, net voordat het vliegtuig vertrekt, komt de man tot het inzicht dat wij als kijker allang hadden. De stewardess protesteert, maar de man staat erop dat hij het vliegtuig verlaat. Terwijl hij mensen ontwijkt en tegen ze opbotst, rent hij over het vliegveld terug naar zijn Ware Liefde. Dan, waar hij verwacht dat ze is, is ze nergens te bekennen. Paniek, verslagenheid. En dan is ze daar toch ineens. Ze zoenen. Werkelijk Alles Is Goed.

Ongeveer zo ging het toen ik me bedacht en in een drafje achter Dorothea aan ging. Behalve dan dat dit het echte leven was. Toen ik haar naam zei, keek ze verschrikt om.

'Als je het goed vindt, loop ik nog even met jou mee,' zei ik. 'Ik ga morgen wel naar dat café.'

Ze zei dat ze dat goed vond, maar de schrik in haar gezicht verdween niet meteen; ze leek zich af te vragen wat mijn bedoelingen waren. Ik voelde me een indringer. Meteen had ik spijt van mijn besluit, maar ik zei tegen mezelf: Niks aan de hand, Tim. Gewoon doen wat je altijd doet, geen romantische interesse laten blijken.

We raakten aan de praat over religie. Ik vertelde dat ik protestants was opgevoed, maar dat ik inmiddels van mijn geloof was afgestapt. Zij geloofde nog wel, ze wist alleen niet meer wat. Ze had twijfels. 'Ik ben mijn pad kwijtgeraakt.'

Haar Roemeense moeder was protestants, haar Jordaanse vader moslim, al was hij nooit erg religieus geweest. Ze had als kind regelmatig aan haar vader gevraagd of ze mee mocht naar de moskee, maar dat wilde hij niet. Daarom ging ze met haar moeder naar de kerk. 'Ik geloofde in alles. Ik wilde zelfs zendeling worden.' Haar twijfels begonnen toen haar vader ziek was. Ze had veel tot God gebeden, en ze vertrouwde erop dat God goed voor hen zou zorgen. Het leek erop dat hij dat ook deed, haar vader was aan het herstellen.

En toen overleed hij plots toch. Een beetje als in het geval van René.

Ze ging niet meer naar de kerk, wat haar moeder maar moeilijk vond. Toch had Dorothea geen schuldgevoel naar haar moeder, maar nog wel naar God. Ik herkende wel iets van wat ze zei, vertelde ik. Toen ik op een gegeven moment had besloten dat God niet bestond, zo rond mijn zestiende, was ik nog niet meteen van hem af. Ergens in een achterhoek van mijn bewustzijn voelde ik nog zijn aanwezigheid, voornamelijk als ik iets 'zondigs' deed, zoals liegen. Alsof hij nog meekeek. Dat was nu voorbij, hij was nu definitief verdwenen. Dorothea zei: 'Misschien is dat wel precies waar ik bang voor ben.' Ik stelde haar gerust dat het mij goed afging zonder God. Liegen bijvoorbeeld voelt nu een stuk beter. Ze lachte.

Het is makkelijk om te denken dat een geloof in God het probleem van de dood oplost, maar volgens mij heb je de zaken dan niet helemaal goed doordacht. Zelfs als er een gelukzalig hiernamaals zou zijn, hoe stel je je dat dan voor? Heb je in de hemel dan voor eeuwig de leeftijd waarop je bent gestorven? In dat geval kun je beter niet wachten tot je hoogbejaard bent, maar is het verstandiger er een einde aan te maken in de bloei van je leven. Een gelovige zal misschien tegenwerpen: 'Nee, het lichaam blijft achter op aarde en vergaat. Het is *de geest* die opstijgt naar het eeuwige hiernamaals.' Oké. Maar in dat geval: hoe ga je je vermaken zonder lichaam? Zonder oren niet het plezier van muziek, zonder oogbollen en een visuele cortex geen mogelijkheid om alsnog alle seizoenen van *The West Wing* te bekijken. En een potje golf lijkt me knap lastig zonder ledematen.

Nadat Dorothea me nog een gebouw had laten zien, met honderden kleine cirkels die open- en dichtgingen, afhankelijk van het zonlicht, maar dat nu in het donker zijn kunstje niet wilde vertonen, gingen we allebei naar huis. We moesten nog een stuk dezelfde kant op met de metro, en namen toen definitief afscheid.

***

Na mijn *petit déjeuner* nam ik de metro richting de beroemde begraafplaats Père-Lachaise. Het regende, het perfecte weer om de doden een bezoek te brengen. Terwijl ik de begraafplaats op slenterde, luisterde ik op mijn iPod naar Chopins nocturnes. De meeste van zijn composities vind ik prachtig. Sentimenteel vaak ook wel, maar dat kan ik van Chopin goed verdragen. Net als Camus had Chopin tuberculose, waar hij op zijn negenendertigste aan overleed. Eerder schreef ik je over Marx en Nietzsche, die ook hun portie lichamelijke kwellingen ondergingen. Ik vraag me af of het toeval is dat ik me zo vaak aangetrokken voel tot ziekelijke types. Twee verklaringen kan ik bedenken. De eerste is dat mannen die dagelijks met hun sterfelijkheid geconfronteerd worden, mogelijk minder illusies hebben over het leven. Dat de illusieloze blik op de werkelijkheid me aantrekt; of in het geval van Chopin, de muziek die voortkomt uit illusieloosheid. Misschien dat zijn sentimentaliteit me daarom ook aangrijpt, omdat ik hem er niet van verdenk dat het vals is.

De andere verklaring is egocentrischer. Hoewel ik een goede gezondheid heb, ben ik ook een fervente hypochonder. Bij elk pijntje of elk symptoom schiet meteen de angstige gedachte door me heen: Het zou toch geen kanker zijn? (Deze gedachte legt een combinatie bloot van hypochondrie en een gebrek aan medische kennis: alsof er geen andere dodelijke ziektes bestaan dan kanker.) Misschien dat ik met mijn ingebeelde kwalen een soort troost vind bij deze kwakkelende figuren.

Het lichaam van Chopin ligt hier op deze begraafplaats – althans, het grootste deel ervan. Na zijn dood is zijn hart uit zijn lichaam gehaald en naar zijn geboorteland Polen gebracht. Daar heeft hij een tweede graf. Dat lijkt me op zich ook wel wat, twee graven. Eén hier en één in Japan, waar ik waarschijnlijk nog heel groot ga worden. Al zie ik het niet zitten dat ze mijn hart eruit halen. Liever heb ik dat ze mijn lichaam verticaal doormidden snijden, in twee min of meer symmetrische delen. Alleen van mijn penis vind ik dat geen prettig idee, ik heb liever dat die intact blijft. Die mag dan in Nederland blijven, samen met de rest van mijn linkerkant (ik ben linksdragend).

Na even op het kerkhof te zijn verdwaald, vond ik Chopins graf uiteindelijk. Van alle graven die ik had gezien, lagen hier de meeste bloemen. Het was een kleurig gezicht, ook al waren sommige boeketjes aan het verwelken.

Het graf lag aan een smal paadje. Aan de overkant van het paadje lag ene Yvan Goll. Geen bloemen te zien. Ineens kreeg ik met deze man te doen. Dagelijks trokken er honderden mensen aan zijn graf voorbij, ze bleven voor zijn graf staan, maar allemaal keerden ze hem de rug toe. De enige in wie de mensen geïnteresseerd waren, dat was de grote Frédéric Chopin.

Verzadigd van alle dode zielen, stond ik even later weer buiten de muren van de begraafplaats. Aan de overkant van de straat was een bloemenwinkel. Ik besloot een kijkje te nemen. De winkeljuffrouw kwam naast me staan. Ik had niet het gevoel dat ik gewoon rustig kon rondkijken, en aangezien ik verder niks van plan was te kopen, ging ik weer. *Au revoir*.

Eenmaal buiten draaide ik me weer om. De vrouw leek verbaasd me weer te zien. Als mijn Frans goed genoeg was geweest had ik gezegd: 'Ja, dat *revoir* kwam sneller dan je dacht, hè!' Voor 18 euro kocht ik een boeket bloemen. Het was een mooi boeket met roze bloemen, al was die 18 euro natuurlijk afzetterij.

Ik liep terug de begraafplaats op en zocht opnieuw het graf van Frédéric Chopin. Alleen waren deze bloemen niet voor hem. Deze waren voor zijn overbuurman.

Dit keer vond ik het graf sneller. Er stond een oudere man bij. Hij trilde en had een kruk, mogelijk had hij parkinson of een andere aandoening.

Hoe zal ik de bloemen neerleggen? Ik keek naar het graf van Chopin, voor een voorbeeld, maar daar stonden alle bloemen in vazen. Hoe kwamen die vazen daar? Hadden mensen die van huis meegenomen? Of waren die ook te koop bij de bloemist? Ik had er niet aan gedacht.

Ik bedacht een plan, maar om het uit te kunnen voeren moest eerst de bevende man weg zijn, hij bleef maar staan treuzelen. Misschien voerde hij ook iets in zijn schild, en wachtte hij totdat ik wegging. Toen de man eindelijk begon te lopen, zag ik verderop alweer een groep mensen aan komen lopen. Ik moest snel handelen. Ik scheurde het plasticfolie van mijn boeket, greep een vaas van het graf van Chopin, gooide het half verwelkte bosje dat erin zat snel weg en stopte mijn bloemen in de porseleinen vaas.

Daar pronkte mijn roze boeket, op het graf van de onbekende man. Terwijl de groep mensen naderde – het bleken Amerikanen vergezeld door een Franse gids – bleef ik plechtig voor het graf van de onbekende man en mijn bos bloemen staan, met mijn rug naar Chopin. En zo konden de Amerikanen niet anders dan ook even naar het graf van de onbekende man te kijken.

Aan mijn daad van rebellie hield ik een opgewekt gevoel over. Dat gevoel verdween echter alweer toen ik zittend in de metro mijn daad begon te overdenken. Ik handelde vanuit een impuls, maar ik kom er niet uit of ik die impuls kan rechtvaardigen. Een van de boeken die ik hier naartoe had meegenomen was Camus' *L'homme révolté*, oftewel *De mens in opstand*. Dit boek beschouwde hij zelf als zijn meest belangwekkende. Het lijkt alsof Camus zijn antwoord op het absurde in *De mythe van Sisyphus* niet bevredigend vond, of in elk geval niet volledig. Waar de held Sisyphus zijn absurde lot dapper aanvaardt, lijkt dat slechts het startpunt te zijn van *De mens in opstand*. Na de aanvaarding komt namelijk het verzet. Volgens Camus is de opstand een van de wezenlijke kenmerken van de mens: 'De mens is het enige schepsel dat weigert te zijn wat het is.' (Namelijk een sterfelijk wezen in een betekenisloos universum. Of in het geval van Arie Boomsma: iemand met haaruitval.)

Waarschijnlijk ken je het beroemde twijfelexperiment van René Descartes. Hoe kunnen we zeker zijn van onze kennis? We kunnen aan alles twijfelen. Misschien is er namelijk wel een kwade demon die ons van alles doet geloven wat niet waar is; misschien is onze blik vertroebeld, waardoor al onze indrukken van de wereld illusies zijn. Strikt genomen is niks boven twijfel verheven. Behalve dat ik niet kan twijfelen aan het feit *dat er iemand ís die twijfelt*. En zie daar: *cogito ergo sum*. Ik denk, dus ik ben.

Albert Camus haalt een soortgelijk pienter trucje uit: 'Ik schreeuw dat ik nergens in geloof en dat alles absurd is, maar ik kan niet twijfelen aan mijn schreeuw. Ik moet minstens in mijn eigen protest geloven. De eerste en enige zekerheid die me zo wordt gegeven, binnen de ervaring van het absurde, is de opstand.'

Dit betekent niet dat zomaar alles telt als opstand tegen de betekenisloosheid. Al je boeken sorteren op alfabetische volgorde is misschien praktisch, maar geen opstand tegen de betekenisloosheid. En een boze brief sturen aan de NS dat je weigert nog langer in een trein te zitten zonder wagon met een ballenbak – ook dat telt niet als opstand zoals Camus dit voor ogen had. (Hoewel ik wel voorstander zou zijn van dit idee. Voor volwassenen, welteverstaan; kinderen kwijlen en pissen alles onder. Die kunnen de verantwoordelijkheid van een ballenbak nog niet aan.)

Maar wat dan wel? Mijn daad op de begraafplaats? Op mijn hotelkamer las ik zinnen van Camus die mijn overtuiging sterkten dat ik iets zinvols had gedaan bij het graf van Yvan Goll. 'De menselijke solidariteit is gebaseerd op de opstandige impuls.' Juist: een opstandige impuls. Check. Een gevoel van menselijke solidariteit. Check. 'De impuls die het individu ertoe brengt een waardigheid te verdedigen die alle mensen gemeen hebben.' Inderdaad. Ik kwam op voor de menselijke waardigheid van deze onbekende man, een waardigheid waarvan hij niet minder bezat dan Chopin of wie dan ook. En een gevoel van heroïsche trots overkwam me toen ik las: 'Ik kom in opstand, dus wij zijn.'

En toen ik verder las, sloeg de twijfel weer toe. De menselijke waardigheid ging niet om een 'abstract gekozen ideaal'. Nee, 'we eisen dat er rekening wordt gehouden met wat in de mens niet tot een idee te herleiden valt, *met dat warmbloedige deel dat geen ander doel kan hebben dan te zijn*'. (Mijn cursivering.) Tja, als je het zo stelt, Albert... Aan de Yvan Goll die daar lag, was weinig warmbloedigs meer. En het doel 'te zijn' was al reddeloos verloren gegaan. Was er überhaupt nog wel iemand met een doel? Was dat hoopje botten nog wel Yvan Goll te noemen? Was het niet *mijn idee* van wat ooit Yvan Goll was geweest?

De filosoof Jean-François Lyotard (1924-1998), die ook op Père-Lachaise begraven ligt, schreef ooit na de dood van zijn moeder: 'Naar wie verwijst "zij" in de zin "Zij lijdt niet meer"?' Die vraag toont goed de absurditeit van de dood.

Chopin had voor zijn dood de wens uitgesproken dat op zijn begrafenis zijn eigen Prelude Nr. 9 gespeeld zou worden. Vanzelfsprekend is er aan zijn wens voldaan. Maar stel nou dat ze dat niet hadden gedaan, of ze hadden de goedkoopste pianist geregeld, en de uitvoering was een blunderende aaneenschakeling van foute noten geweest. Dan zouden we waarschijnlijk iets zeggen in de trant van: 'Chopin is geen eer aangedaan.'

Maar naar wie verwijst hier 'Chopin' nog?

Of als mijn penis postuum toch verdeeld zouden worden over het westelijk en oostelijk halfrond. Dan zouden mijn fans in opstand komen (in elk geval de westerse fans, een aantal Japanse zouden het wellicht toejuichen) omdat hiermee de wens van Tim Fransen geen eer wordt aangedaan.

Maar naar wie verwijst 'Tim' hier nog?

Ook bij de begrafenis van mijn opa voelde ik afstand en vervreemding bij de plechtige sfeer die door iedereen werd opgehouden. Iemand zei tegen me: 'Hij zal het fijn vinden dat je er bent.' Iemand anders hoorde ik zeggen: 'Dit is hoe hij zijn begrafenis gewild zou hebben.' Bij al deze opmerkingen knikte ik, maar mijn gevoel kon er niet in mee.

Intuïtief voelen we dat we een vorm van heiligschennis kunnen plegen tegenover de doden. Dat we ze eer kunnen bewijzen of schande kunnen aandoen. Ik vraag me af of dat zo is, of dat dit misschien is wat Camus bedoelt als hij zegt dat slechts een enkeling uit onze sterfelijkheid de uiterste conclusie heeft getrokken. Namelijk dat de bos bloemen die ik bij het graf van Yvan Goll had gelegd, even zinvol was geweest als wanneer ik zijn grafsteen had ingesmeerd met massageolie.

Op dezelfde manier denk ik: natuurlijk hoop ik voor de rest van de wereld dat als ik sterf, ik iets positiefs nalaat; dat wanneer ik ga met een plons, de effecten van mijn leven nog wat nagolven in het water. Maar ik zie niet hoe dat troostend is voor mij, als ik er niet meer ben.

***

Vandaag is het mijn laatste dag hier. Ik begon de dag met een wandeling in de Jardin du Luxembourg, een park met grote standbeelden van mensen die ooit machtig en beroemd waren. Uiteindelijk sjokte ik verder naar Café de Flore. Gezeten op het terras heb ik een kom erwtensoep gegeten voor 14,50. Dit was de relatief goedkope optie, want soep is eten en drinken in één. Een cola bijvoorbeeld kost hier 6,50 euro, en een clubsandwich 21 euro. Camus was zeker tegen dit soort prijzen in opstand gekomen. Ik niet, ik liet deze kans om het absurde te ontstijgen eventjes aan me voorbijgaan en betaalde netjes de rekening.

Als je erover nadenkt, is vogelpoep een soort soep onder de uitwerpselen, een hybride tussen feces en urine, tussen vast en vloeibaar. Voor zover ik weet hebben vogels geen aparte anus en urinebuis, maar slechts één uitgang voor allebei. Efficiënt. Misschien als de mens tijdens het evolutieproces alleen maar soep had gegeten, dat wij ook maar één exportkanaal hadden gehad. Dan was ons de schaamte bespaard gebleven dat als je je in een gezelschap excuseert om naar het toilet te gaan, en je na net iets te lang terugkomt, jij denkt dat iedereen denkt: Hij heeft zeker gepoept.

En Koos, ik hoor je denken: wat jammer dat deze meditatie over betekenis en de dood moet eindigen in zoiets banaals als een mengsel van poep en pies. Maar ten eerste leek het me goed om met een positieve noot te eindigen. Ook omdat jij nu misschien vreest dat je weinig meer hebt na te laten dan je postzegelverzameling, en je betwijfelt of dat genoeg oplevert aan rimpelingen.

(Ik weet niet of je een postzegelverzameling hebt, maar daar lijk je me het type voor. Dat is geen belediging, mijn vader heeft er ook een, en ik kijk ernaar uit om die op een dag te erven. Beter dat dan zijn kale plek.)

En ten tweede moeten we de kale waarheid onder ogen komen. We zijn wezens van vlees en bloed, wezens die poepen en piesen. Dat is het warmbloedige deel dat geen ander doel heeft dan te zijn. Het is misschien niet veel, maar volgens Camus is het genoeg. Misschien niet genoeg om de absurditeit van de dood ongedaan te maken, maar genoeg om voor te leven. Genoeg om voor in opstand te komen. Genoeg om rechtvaardigheid en vernedering af te wijzen. Genoeg voor een gevoel van solidariteit en genoeg om ons uit de eenzaamheid te trekken. En daar sluit ik me graag bij aan.

Alle goeds,
Tim

4.

Brief uit Turijn,
waarin Tim zich afvraagt
waarom zijn filosofische held
zijn filosofische held is

TURIJN, *26 juli 2015*

Beste Koos,

Hopelijk is alles goed met jou en je postzegelverzameling. (Zonder weerwoord ga ik er nog steeds van uit dat je die hebt.) Op het moment van schrijven zit ik met mijn ouders in de auto. Zij zitten voorin, ik zit achterin met een hijgende hond naast me, Sam, de golden retriever van mijn ouders.

Ik zou mezelf niet snel omschrijven als hondenliefhebber, om verschillende redenen. De voornaamste is dat ik geen hondenliefhebber ben. Sam is op zich een heel lieve hond. Althans, zo beschrijven de meeste mensen hem. Eerlijk gezegd snap ik niet helemaal waarom, ik heb die hond nog nooit iets voor een ander zien doen. Ik zou hem eerder omschrijven als mak, timide, met een dwangmatige aanhankelijkheid ten opzichte van mijn ouders (en een hardnekkige onverschilligheid ten opzichte van mij). Hij volgt mijn ouders overal, en als een van hen ook maar even het huis uit gaat, dan gaat hij voor de deur zitten huilen.

Als je het mij vraagt, is-ie zo geworden omdat hij zo is opgevoed: overbeschermd, met een overdaad aan liefde en aandacht, waarbij die liefde vooral de vorm aannam van verwennerij en toegeeflijkheid. Ik kan het mijn ouders moeilijk verwijten, want ze hebben mij op dezelfde manier grootgebracht. Alleen heeft het – in alle bescheidenheid – in mijn geval iets beter uitgepakt dan in het geval van Sam.

Al kan ik wat betreft aanhankelijkheid moeilijk ontkennen dat ik zevenentwintig ben en nog steeds bij mijn ouders op de achterbank zit, op weg naar een vakantieoord.

Op dit moment is Sam trouwens nogal onrustig. Hij is namelijk verliefd op een hond uit de buurt, Jeda, en hij zal haar nu twee weken moet missen. Daarom is hij 'overstuur'. Dat is althans de analyse van mijn ouders. Ik moet er wel bij zeggen dat mijn ouders de neiging hebben om de hond nogal complexe psychologische motieven toe te schrijven. Als hij zich even krabt, dan heeft hij geen jeuk, nee, dan heeft hij 'stress omdat hij voorvoelt dat er zo iemand de deur uit gaat'.

Tijdens de reis zit Sam het grootste deel van de tijd met zijn snuit tegen het raam. Zijn gehijg heeft een witte aanslag achtergelaten op het raam en de deur. Soms richt hij zijn gehijg op mij, wat voor mij niet zo hoeft. Zojuist zat ik een boek te lezen – het geweldige *Slaughterhouse Five* van Kurt Vonnegut – toen ik op mijn onderarm kwijl voelde neerdruipen. Ik had de behoefte om tegen Sam te zeggen: 'Kijk, dit is nou precies het verschil tussen jou en mij. Ik zit hier als een beschaafd mens een boek te lezen, in een poging mezelf geestelijk te ontwikkelen, terwijl jij content lijkt om gewoon maar een beetje in het rond te kwijlen.'

En eigenlijk is er geen enkele reden dat Sam en ik niet wat meer in harmonie zijn hier op de achterbank. Als het klopt wat mijn ouders zeggen, dat hij overstuur is omdat hij Jeda mist, dan zitten Sam en ik in hetzelfde schuitje. Niet in de zin dat ik ook verliefd ben op een hond uit de buurt, maar wel in de zin dat Noortje en ik weer bij elkaar zijn, dat ik verliefd ben, en dat ik haar nu ook twee weken moet missen. (Mocht je kwijt zijn wie Noortje ook alweer was – dat kan ik me voorstellen, bij deze donjuan volgen de vrouwtjes elkaar in rap tempo op – zij was de zangdocent over wie ik je schreef toen ik in Leipzig was.) De afgelopen tijd hebben we veel openhartige gesprekken gevoerd, en hebben we twee dingen geconcludeerd. Ten eerste dat we allebei genoeg vertrouwen voelen om het nog eens te proberen. En ten tweede dat ik echt aan mijn vibrato moet werken. (De zanglessen gingen ondertussen gewoon door.)

Maar in plaats van nu bij haar te zijn, zit ik bij mijn ouders op de achterbank. Daar heb ik op zichzelf weinig problemen mee. De band met mijn ouders is hecht. Tot mijn vierentwintigste woonden mijn ouders ook nog bij me thuis. Of ik bij hen, daar wil ik vanaf zijn. We woonden in elk geval in één huis. Veel vrienden en studiegenoten vonden het onbegrijpelijk dat ik niet een enorme drang had om van mijn ouderlijk huis los te breken. Maar het beviel me daar goed. Om allerlei pragmatische redenen, maar ook simpelweg omdat ik het wel gezellig vond met mijn ouders. En het is ook weer niet alsof ik elke avond met mijn ouders zat te scrabbelen. Vaak genoeg deden we ook andere spelletjes.

Na de breuk met Noortje afgelopen najaar voelde ik me ongelukkig en was ik bang om in de zomer alleen te zijn. Dus toen mijn ouders voorstelden met hen mee te gaan naar Italië, ging ik daar dankbaar op in. Temeer omdat ik de mogelijkheid zag om die reis met twee Nietzsche-gerelateerde bestemmingen te combineren.

De reis naar Italië voert via Zwitserland, waar de eerste Nietzsche-gerelateerde bestemming ligt. Vanavond overnachten we in een blokhut in een Zwitsers bergdal. Daarvandaan rijden we morgen naar het nabijgelegen

Sils-Maria, waar Nietzsche de laatste zeven zomers van zijn geestelijk gezonde leven doorbracht. Daarna reizen we verder naar een huisje aan het Lago Maggiore, Noord-Italië. M'n ouders zullen mij daar op een bepaald moment op de trein zetten naar Turijn, de tweede Nietzsche-gerelateerde plek: de plaats waar de filosoof uiteindelijk ten prooi zal vallen aan de waanzin.

Zoals gezegd heeft Nietzsche in mijn ogen min of meer het terrein afgebakend waar de filosofie zich met geloofwaardigheid kan bewegen. Maar misschien meer nog dan voor zijn filosofie, voelde ik bewondering voor de levenslustige, compromisloze levenshouding die hij uitdroeg, een levenshouding waarin zijn persoonlijkheid en zijn filosofie samenkwamen. Die levenshouding is samen te vatten met het woord 'soevereiniteit', en dan wel de soevereiniteit over onszelf. In zijn *Oneigentijdse beschouwingen* schrijft hij:

Niemand kan de brug voor je bouwen waarover juist jij de rivier van het leven moet overschrijden, niemand behalve jij alleen. Weliswaar zijn er talloze paden en bruggen en halfgoden die je naar de andere oever willen dragen, maar alleen voor de prijs van je eigen ik: je zou jezelf verpanden en verliezen. Er is in de wereld één weg die niemand kan gaan behalve jij: waarheen hij leidt? Vraag niet, ga hem.

Het is dit soort soevereiniteit die ik nodig achtte voor een vruchtbare toewijding aan iets. In het geval van Nietzsche was dat een zoektocht naar de waarheid. Hij was een briljante leerling, al op vierentwintigjarige leeftijd werd hij hoogleraar aan de Universiteit van Basel. Meteen met zijn eerste grote werk, *De geboorte van de tragedie*, maakt hij duidelijk lak te hebben aan de bestaande academische mores. Zijn collega's wijzen het af, maar hij zet zijn pad compromisloos door. In plaats van zich nog langer te onderwerpen aan academische wetten, besluit hij zijn functie te verlaten en verkiest hij een armzalig, bijna ascetisch leven.

Ik zag een romantisch soort heroïek in deze toewijding aan iets hogers. Dit wilde ik ook, dacht ik. Mijn leven heb ik zo ingericht dat het optimaal in dienst stond van mijn artistieke en intellectuele ontwikkeling. De dagen verliepen volgens een min of meer vaste structuur: van 10.00 tot 16.00 uur schrijven en lezen in de universiteitsbibliotheek, dan naar huis, anderhalf uur pianospelen, 's avonds sporten. Daarna vaak weer verder lezen. Dingen die de structuur in de war konden schoppen probeerde ik zo veel mogelijk buiten te sluiten.

Het afgelopen jaar ben ik geleidelijk aan met andere ogen naar Nietzsche gaan kijken. Waar ik me voorheen vooral met zijn *ideeën* had beziggehouden, ben ik me pas sinds een jaar in zijn biografie gaan verdiepen. Volgens Nietzsche kun je iemands filosofie lezen als 'een ongewilde autobiografie'. Hij had het daarbij in eerste instantie niet over zichzelf, maar ironisch genoeg ben ik door zijn eigen geval wel beter gaan begrijpen wat hij met die uitspraak bedoelt. Want hoe meer ik over zijn persoon en zijn levenswandel te weten kwam, hoe minder ik hem ben gaan zien als een bewonderenswaardig persoon, en hoe meer als een tragische figuur.

* * *

Als een filosofie een ongewilde autobiografie is, vraag ik me af hoe bepalend Nietzsches slechte gezondheid was voor wie hij was en wat hij dacht. Zijn fysieke klachten lijken met de jaren alleen maar erger te worden, en hij wijkt constant uit, op zoek naar een klimaat dat zijn klachten kan verlichten. Dat welgevallige klimaat vindt hij 's zomers in Sils-Maria, waar hij een aantal bijzonder vruchtbare periodes beleeft. (Qua schrijven, bedoel ik, niet dat zijn zaadkwaliteit ineens omhoogschiet.)

Ook vindt hier, wanneer hij op een dag rondom het Silvaplanameer wandelt, een grootse inspiratiegebeurtenis plaats. *Het inzicht der inzichten*. Het komt ongeveer hierop neer: als de tijd *oneindig* is, en het aantal mogelijke gebeurtenissen dat kan plaatsvinden *eindig* is (omdat de mogelijke constellaties van atomen eindig zijn en de natuurwetten hetzelfde blijven), dan betekent dit dat alle situaties en gebeurtenissen in alle mogelijke combinaties zich oneindig vaak zullen herhalen. Bijvoorbeeld dat ik dit buiten aan het typen ben bij een ondergaande zon in Zwitserland, terwijl mijn moeder met Sam speelt in het gras, of dat jij deze zin leest terwijl je misschien een pijnscheutje voelt in je kuit, en je een slokje neemt van de wijn die eigenlijk niet meer in harmonie is met je ouder geworden smaakpapillen, die precieze situatie zal zich nog *oneindig* vaak voordoen.

Er is veel discussie over de precieze interpretatie van deze *eeuwige terugkeer van het gelijke*, waarbij het onder andere de vraag is of Nietzsche werkelijk geloofde dat dit het geval was. Waarschijnlijker is dat Nietzsche bedoelt dat we zouden moeten leven met de mate van noodzaak alsóf alles zich oneindig vaak zal herhalen. Op deze manier zouden we het leven ervaren als een extatisch-intensief hier-en-nu.

Persoonlijk kan ik eerlijk gezegd maar moeilijk begrijpen waarom Nietzsche er zo vrolijk van werd. Wat mij bijvoorbeeld laatst overkwam: ik had boodschappen gedaan toen ik er bij thuiskomst achterkwam dat ik de Cracottes vergeten was. Met een beetje boter en een plakje kaas is dat zo'n beetje mijn favoriete snack. Het was zaterdag, tien minuten voor sluitingstijd. Als ik me zou haasten, zou ik het nog net kunnen halen. Het onfortuinlijke geval was dat ik ook net hevige aandrang had om te poepen. Dat moest ik dan maar ophouden, want morgen was de winkel dicht, en een weekend zonder het genot van Cracottes was geen optie. Dus terwijl ik mijn aandrang beteugelde, ging ik weer de deur uit. En alsof dat nog niet genoeg reden was om te balen, zou ik dus ook nog eens moeten beseffen: Ik moet nu dus nog *oneindig* vaak terug naar de winkel omdat ik de Cracottes ben vergeten, terwijl mijn sluitspier tot het uiterste wordt getest. Zo'n gebeurtenis is voor mij voldoende om tot de conclusie te komen dat het geen zaligmakend inzicht is, die eeuwige wederkeer van het gelijke.

Hoe dan ook acht Nietzsche de eeuwige terugkeer van het gelijke zo belangrijk dat hij nadien zijn leven zal indelen in het deel vóór dat inzicht, en het deel erna. In *Ecce homo*, een vreemdsoortige autobiografie, schrijft hij naar aanleiding van zijn inval bij het Silvaplanameer wat inspiratie voor hem betekent (ik vind het zo weergaloos mooi beschreven, dat ik de passage integraal overneem):

[Het is] de voorstelling dat je niet meer dan incarnatie, niet meer dan mondstuk, niet meer dan medium bent van allesoverheersende krachten. Het begrip openbaring, in de zin dat er plotseling, met onuitsprekelijke zekerheid en finesse iets *zichtbaar*, hoorbaar wordt, iets wat je ten diepste treft en van je stuk brengt, geeft de feitelijke toedracht goed weer. Je hoort, je zoekt niet; je neemt, je vraagt niet wie er geeft; als een bliksem flitst een gedachte op, onafwendbaar, zonder te aarzelen over de vorm, – ik heb nooit een keuze gehad. Een vervoering waarvan de immense spanning zich van tijd tot tijd in een tranenvloed ontlaadt en waarbij je onwillekeurig nu eens naar voren stormt en dan weer de pas inhoudt; een volslagen buiten-jezelf-zijn met het scherpst mogelijke besef van talloze fijne huiveringen en rillingen tot in je tenen. Alles gebeurt in de hoogste mate onvrijwillig, maar als het ware in een stormachtig gevoel van vrijheid, van onafhankelijkheid, van macht, van goddelijkheid. Bij alles wat zich aandient heb je meteen de meest directe, volstrekt juiste, meest eenvoudige uitdrukking paraat. Het lijkt echt alsof de dingen zelf dichterbij komen en zich voor een gelijkenis aanbieden. Dit is mijn ervaring van inspiratie.

Morgen ga ik langs hetzelfde meer wandelen. Duimen maar.

***

Vandaag kwamen we na ongeveer drie kwartier rijden aan in Sils-Maria. Het was een warme, zonovergoten dag en de eeuwige sneeuw van de bergtoppen schitterde. Met mijn ouders had ik afgesproken dat we er afzonderlijk van elkaar op uit zouden gaan. Ik wilde graag alleen zijn, op mezelf teruggeworpen, om mijn kansen op een verpletterend inzicht te optimaliseren. Ik wilde niet het risico lopen dat ik op het punt stond getroffen te worden door een verheven inzicht, en dat mijn moeder het kwetsbare moment zou verbreken met iets als: 'Tim, heb jij nog een plastic tasje in je rugtas? Sam doet een poep.' (Een paar jaar geleden had Sam structureel last van diarree. Hoewel dat alweer enige tijd achter de rug is, volgt na elke toiletgang van Sam nog altijd een evaluatie van zijn uitwerpselen. Een paar keer per dag stelt de ene ouder de andere dezelfde vraag, in variërende formuleringen: 'Hoe was Sam zijn poep?', 'Zag zijn poep er goed uit?' of 'Had hij mooie poep?' De laatste is mijn favoriete formulering, omdat die impliceert dat hondenpoep ook iets is waar je esthetische waardering voor kunt hebben. Nooit geweten.)

Dus daar liep ik dan, in mijn eentje, langs een prachtig

pad in de bosrand met aan mijn linkerkant het meer. Ik liep monter, geheel ontvankelijk voor wat allesoverheersende krachten mij zouden influisteren. Op een bepaald punt begon de lucht te betrekken, ik voelde voorzichtige waterspatjes op mijn huid, en donkere, dreigende wolken lieten mijn schaduw op de grond verdwijnen. Ik was niet gekleed op regen, maar het dreigende weer bracht me niet van mijn stuk. Had Nietzsche het niet over een gedachte *die als een bliksem opflitst*? De voortekenen waren goed.

Het meer was te groot om er helemaal omheen te lopen, en bovendien had ik over tweeënhalf uur weer met mijn ouders in het dorp afgesproken. Na ongeveer een uur en een kwartier ben ik hetzelfde pad weer teruggelopen, nog altijd hoopvol. Waarom zou het inzicht mij niet op de terugweg kunnen treffen?

Voorzichtige spatjes waren overgegaan in stortregen. Met mijn doorweekte schoenen stapte ik zompig voort toen mij ineens, zonder aanleiding, zonder precedent, maar met een helderheid als die van de lucht een uur geleden, de volgende gedachte binnenviel: Ik zou vaker couscoussalade moeten eten.

Hierop volgde een tinteling in mijn buik.

Het is gemakkelijk te bereiden, niks geen lange kooktijden, zoals met rijst of pasta. Gewoon kokend water erbij en klaar is Kees. En ik heb een goed recept, met feta, komkommer, tomaten, rode ui, cashewnoten en avocado. Niet alleen makkelijk dus, ook nog lekker en gezond. Waarom maak ik dat niet veel vaker?

Ik was eerder op de afgesproken plek dan mijn ouders. Onder een afdakje haalde ik mijn notitieblok uit mijn rugtas en schreef verheugd op: 'vaker couscoussalade eten'.

Terwijl ik het opschreef, realiseerde ik me hoe teleurstellend dit was. Niet het idee om vaker couscoussalade te eten – dat ging ik zeker doen – maar het feit dat dit de oogst was van mijn wandeling. Dit was vermoedelijk niet de ingeving op basis waarvan ik later mijn leven in twee helften zou indelen: het deel vóórdat en het deel nádat ik inzag dat ik vaker couscoussalade moest eten.

Jammer.

***

Gisteren zijn we aangekomen op onze volgende bestemming: Lago Maggiore. Na een slingerweggetje steil een berg op, met wel dertig scherpe bochten, bereikten we een paradijselijke plek. We huren een huisje met uitzicht op het meer aan de ene kant, de Italiaanse Alpen aan de andere. Het huisje hoort bij een biologische boerderij, die weer hoort bij een restaurant dat zijn eigen varkens houdt en aangeschreven staat in de Michelingids. De varkens lijken een goed leven te hebben. Ze hebben een modderbad tot hun beschikking, wat bij gebrek aan regen momenteel een stofbad is, maar ze wentelen zich er met evenveel plezier in, lijkt het.

De eerste avond dineerden we daar boven op de berg, als goden op de Olympus. Het menu bestond uit vier gangen, vijf als je het saladebuffet meerekent. Gedurende het eten – van zeven uur tot na tienen, ik weet niet of ik ooit zo uitgebreid heb gegeten – zagen we de zon op spectaculaire wijze achter de bergen verdwijnen. En het eten was verrukkelijk. Op het culinaire vlak moeten we de superioriteit van de Italianen onder ogen komen. Aan de andere kant moet ik erbij zeggen: de volgende dag kookte mijn moeder aardappelwafels met mayonaise en sperzieboontjes, en daar genoot ik eigenlijk net zoveel van. En bovendien waren we na een kwartiertje klaar, dus had ik veel meer tijd over om te lezen. Daar kunnen wij weer winst pakken ten opzichte van de Italianen.

Tijdens deze reis heb ik weer een biografie van Nietzsche ter hand genomen. Nietzsche is waarschijnlijk het bekendst om zijn woorden 'God is dood'. Het zijn interessante woorden, omdat die suggereren dat God ooit heeft geleefd; hij zou immers ook kunnen zeggen 'God bestaat niet'. Wat Nietzsche bedoelde, is dat de christelijke God zijn geloofwaardigheid heeft verloren.

Voor zowel Nietzsche als voor mij geldt dat God ooit heeft geleefd, als domineeszoon. Ook ik heb ooit in een God geloofd, de protestantse God waarmee ik ben opgevoed. En waar Nietzsches vader predikant was, dirigeerde mijn vader het kerkkoor. En ook voor mij geldt dat God op een bepaald moment overleed.

Ik vraag me weleens af in hoeverre mijn interesse in existentiële kwesties een resultaat is van mijn vroegere geloof in God. God verleent een alomvattende zin aan het leven, zijn schepping maakt dat de wereld een bedoeling heeft. Als je met dit idee opgroeit en het ineens ziet wegvallen, dan moet er een gat gevuld worden, een gat dat iemand die nooit heeft geloofd misschien niet ervaart.

Het geloof dat ik van mijn ouders meekreeg, was ontspannen en vrijzinnig: een geloof waarin er wel een hemel is, maar geen hel, en waarin de aarde gewoon netjes om de zon draait. Altijd voor het eten zeiden we een gebed, en na het eten las mijn moeder soms voor uit de kinderbijbel. Dat vond ik fantastisch, veel verhalen zijn uitermate geschikt voor kinderen, zoals Jonas die drie dagen in de buik van een walvis leeft en Noach die alle dieren meenam op een gigantische boot die hij zelf had gebouwd. De vraag is eerder hoe deze verhalen de volwassen versie hebben gehaald.

Ongeveer eens in de twee weken gingen we naar de kerk, meestal als mijn vader het kerkkoor dirigeerde. (Dat doet hij nog steeds, en mijn moeder is koorlid. Ze is zevenenvijftig en is daarmee een van de jongste koorleden.) Het leukste vond ik als het avondmaal werd gevierd. Dan vormde zich in het gangpad een rij, en ontving iedereen een stukje matse en mocht iedereen uit een koude stenen beker een slok druivensap drinken. Nadat iemand een slok had genomen, haalde de vrijwilliger van de kerk een theedoek langs de bekerrand, wat ons vermoedelijk moest beschermen tegen herpes en pfeiffer. (Mijn hypochondrie zat er al vroeg in.)

De matses en het druivensap moesten brood en wijn voorstellen, die op hun beurt weer het lichaam en het bloed van Christus moesten voorstellen. Een sterk staaltje metasymboliek, een soort religieuze *Inception*.

Ik weet eigenlijk niet waarom het brood en de wijn in onze kerk vervangen werd door matses en druivensap. Bij druivensap als vervanging van wijn kan ik me nog iets voorstellen. Los van het feit dat het veel lekkerder is dan wijn (dit punt heb ik eerder al gemaakt, maar je kunt het niet vaak genoeg maken) is het ongepast om aan de aanwezige kinderen alcohol te serveren. Of aan Aziaten, met hun genetisch bepaalde zeer slechte alcoholtolerantie. De vervanging van het brood door matses vind ik daarentegen raadselachtiger. Voor zover ik kan overzien, hebben matses weinig voordelen boven brood. Ook in matses zitten gluten, dus de kerk is hoe dan ook weinig verwelkomend tegenover mensen met een glutenallergie. Het enige voordeel dat ik kan bedenken van matses boven brood, is dat matses langer houdbaar zijn. En aangezien de bakker op zondag dicht is, is het praktisch nogal lastig om op die dag vers brood uit te delen. En Jezus' lichaam in de vorm van oud brood is ook weinig respectvol.

Maar als je dan toch de vrijheid neemt om het brood te vervangen door iets anders, waarom dan matses? Waarom zou je iets nemen wat in religieuze zin al is toegeëigend door het jodendom? Jezus heeft daar niet voor niets afstand van gedaan, zou je denken. Als tiener heb ik een tijdje als vakkenvuller gewerkt. Een van de weinige dingen die ik tijdens deze deprimerende periode heb geleerd, is dat de supermarkt een sectie heeft die achter de schermen 'de broodvervangers' wordt genoemd. Zodoende weet ik dat je brood door veel meer dingen kan vervangen dan alleen matses. Wat dacht je van ontbijtkoek, Sultana's of Cracottes? Allemaal broodvervangers.

In zekere zin vind ik het een goede zaak dat mijn kerk de vrijheid heeft genomen om de wijn te vervangen door druivensap. Het suggereert iets als: 'Al die Bijbelse verhalen moet je allemaal niet al te letterlijk nemen, de christelijke boodschap staat of valt niet bij wijn of druivensap.' En laten we niet vergeten, Jezus zelf nam ook alle vrijheid bij zijn symboolkeuze. Er is immers geen noodzakelijk verband tussen brood en een lichaam. Toen hij het laatste avondmaal organiseerde, kon hij in feite alles kiezen als symbool voor zijn lichaam: brood, maar net zo goed risotto, lasagne bolognese of gebakken aardappelwafels. Ik vermoed zelfs dat hij met dat laatste zijn gasten een stuk blijer had gemaakt. Sterker nog, na niks anders te eten hebben gekregen dan matses, zou het me niks verbazen als zijn gasten eenmaal thuis tegen hun vrouw zeiden: 'Het is een goeie jongen, die Jezus, maar dit was in elk geval *míjn* laatste avondmaal.'

Ergens in mijn tienertijd ben ik van mijn geloof afgestapt, zonder dat ik daar een precies moment of een concrete aanleiding voor kan aanwijzen. Toch vind ik het christendom, los van de vreemde metafysische aannames, nog altijd een mooi geloof. (Ik zeg 'los van de vreemde metafysische aannames', maar die vormen natuurlijk een behoorlijk cruciaal onderdeel. Bijvoorbeeld dat er een god bestaat.) Als ik het Nieuwe Testament lees, is de boodschap van Jezus volgens mij vrij simpel: wees een beetje lief voor elkaar. Hoe kun je daar iets op tegen hebben? Het enige wat ik verwerp, is de logica dat we lief moeten zijn omdat er een onzichtbare god is die dat zegt. Sterker nog: juist als er géén god is die zich over ons ontfermt, of die ons in een hiernamaals schadeloosstelt voor het leed dat ons overkomt, juist dán moeten we hier op aarde een beetje lief zijn voor elkaar. De afwezigheid van een god lijkt me de beste reden voor solidariteit.

Dit is ook meteen waar Nietzsche en ik van mening verschillen. Voor Nietzsche was de christelijke moraal, die hij een slavenmoraal noemt, juist de voornaamste reden om met het christendom af te rekenen. De christelijke nadruk op medelijden ziet Nietzsche als zwakte, die uiteindelijk leidt tot verval. Hij ziet de christelijke moraal als een ontkenning van de gezonde fysieke instincten, en daartoe behoren ook 'toe-eigening, verwonding, onderdrukking, inlijving en uitbuiting van het zwakkere'.

Stoere woorden voor iemand die tot zijn vierentwintigste zijn vuile was op de trein deed om door zijn moeder te laten wassen.

* * *

Gisteren hebben mijn ouders me op de trein gezet naar Turijn, het eindstation van mijn Nietzsche-zoektocht: de plek waar hij zijn verstand heeft verloren. Ik keek uit naar mijn bezoek aan Turijn. Het enige waar ik me zorgen over maakte, nu ik op mezelf zou zijn, was de taal. Ik spreek geen woord Italiaans, en Italianen spreken amper een woord dat niet Italiaans is.

Mijn moeder zei geruststellend: 'Met handen en voeten kom je een heel eind.' Na een dag in Turijn ben ik erachter gekomen dat je een stuk verder komt met handen dan met voeten. Meerdere mensen hebben me gevraagd of ik alsjeblieft mijn schoenen weer aan wilde doen. Of tenminste, dat dacht ik op te kunnen maken uit hun handgebaren.

Vanmiddag was ik in een cafetaria, en in de vitrine lag een quiche die er overheerlijk uitzag, maar waarvan ik niet zeker wist of-ie vegetarisch was. Omdat ik niet wist wat 'groente' was in het Italiaans, noch hoe ik groente met mijn handen zou kunnen uitbeelden, heb ik daar een kip nagedaan, in de hoop dat de verkoopster 'nee' zou schudden. Het was niet erg goed doordacht, want als ze 'nee' had geschud, had ik alsnog een varken en een koe na moeten doen, en nog tal van andere eetbare dieren, om er zeker van te zijn dat er geen vlees in zat. Niet het beste idee dus, maar het was mijn eerste impuls. Gelukkig onderbrak ze mijn imitatie van een kip al snel met iets waar het woord '*vegetariana*' in zat. Toen bedacht ik me dat ik dat woord had kunnen weten, aangezien er ook zoiets bestaat als een pizza vegetariana. Wat feitelijk betekent dat ik dus voor niks een kip heb nagedaan in een winkel.

Voor de goede orde: ik heb de kip alleen non-verbaal uitgebeeld (duimpjes onder de oksels en fladderbewegingen maken). Ik heb er dus geen kakelgeluiden bij gemaakt. Ik zou niet willen dat je al je respect voor me verliest, Koos.

De reden dat ik had uitgekeken naar mijn bezoek aan Turijn, was dat ik dacht dat het een mooi eindpunt zou zijn voor mijn zoektocht naar Nietzsche, zowel fysiek als geestelijk. Vanwege mijn voorstelling heb ik me de afgelopen tijd intensief met hem beziggehouden, en ik had niet zozeer behoefte aan een afscheid, als wel aan een soort afronding.

In Sils-Maria begint Nietzsche aan de vreemdsoortige autobiografie waaruit ik hierboven al citeerde, een werk dat hij voortzet in Turijn. In *Ecce homo* lijkt Nietzsche zelf ook bezig met een soort afronding: hij blikt terug op zijn tot dan toe geschreven werk. Nietzsche voelt zich goed in Turijn. In een brief aan zijn uitgever: 'Nu was ik de laatste weken uitermate geïnspireerd, dankzij een onvergelijkelijk welbevinden dat een unicum in mijn leven vormt, dankzij ook een prachtige herfst en de bijzondere tegemoetkomendheid die ik in Turijn heb aangetroffen.'

Deze autobiografie, waartoe hij zo geïnspireerd is, vertonen al tekenen van waanzin. Na Nietzsches inzinking zien zijn beste vriend Peter Gast en zijn zus Elisabeth zich dan ook genoodzaakt om bepaalde passages te schrappen. Maar ook delen die de drukpersen wel hebben gehaald, geven al te denken. Wat dacht je van hoofdstuktitels als 'Waarom ik zo wijs ben' en 'Waarom ik zulke goede boeken schrijf'?

Over zijn boek *Zo sprak Zarathoestra*, het boek waarin 'het idee van de eeuwige wederkeer' verschijnt, schrijft hij: 'Hieraan afgemeten ziet alle andere menselijke bedrijvigheid er arm en beperkt uit.' Hij gaat verder door in zoveel woorden te zeggen dat zelfs Shakespeare, Goethe en Dante in vergelijking hiermee eigenlijk maar een stelletje losers zijn. 'Men telle de geestkracht en de kwaliteit van alle grote zielen bij elkaar op: alle tezamen zouden niet in staat zijn één redevoering van Zarathoestra te produceren.'

Waarschijnlijk zou zelfs Ivo Niehe hierbij iets hebben van: 'Nou, nou, dat kan wel een tikkie bescheidener.'

Aan de andere kant zou hij ook kunnen denken: Begrijpelijk. Toen Nietzsche dacht aan grote zielen, kon hij ook niet weten dat er nog iemand zoals ik zou verschijnen.

Om de een of andere reden heb ik mijn bezoek aan het Piazza Carlo Alberto tot deze laatste dag uitgesteld. Dit is het plein waar Nietzsches noodlottige ineenstorting heeft plaatsgevonden. Op 3 januari 1889 verlaat Nietzsche zijn woning. Daar ziet hij op het plein een koetsier tot bloedens toe een paard afranselen. Overweldigd door medelijden werpt Nietzsche zich om de hals van het paard, barst in tranen uit en zakt op de grond in elkaar. Als een vriend hem een paar dagen later komt ophalen, treft hij Nietzsche in zijn kamer, piemelnaakt, extatisch door de ruimte dansend. De vriend brengt Nietzsche naar zijn moeder. Onderweg naar het treinstation schijnt Nietzsche Napolitaanse liederen te hebben gezongen, in de veronderstelling dat hij de koning van Italië was.

Ik moet erbij zeggen dat het niet zeker is of dit echt is gebeurd. Dat hij op het Piazza Carlo Alberto definitief zijn verstand heeft verloren, daar is weinig twijfel over. Maar het is onzeker of hij daadwerkelijk een paard heeft omhelsd. Volgens sommigen is dit verhaal vermengd geraakt met een scène uit Dostojevski's *Misdaad en straf*. Zul je net zien. Ik vrees sindsdien dat het verhaal van mijn einde later vermengd zal raken met een scène uit een roman van Paulo Coelho.

Vandaag verliet ik aan het eind van de middag met milde tegenzin mijn hotelkamer. Na zo'n twintig minuten lopen bereikte ik het plein, maar aangekomen merkte ik dat mijn hoofd niet naar Nietzsche stond. Bovendien rammelde ik van de honger. En de afronding van een spirituele zoektocht gaat niet op een lege maag, dat weet iedereen.

Gelukkig zat er aan het plein een goed restaurant. Ik vroeg aan de ober of ik iets kon eten. Hij keek me verbaasd aan. 'Om zes uur? De keuken gaat pas om halfacht open.' Ik voelde me even heel Hollands. Aan de andere kant was ik ook verbaasd: hoe kunnen ze hier zo lang hun honger ophouden? Misschien nemen Italianen om zes uur nog Cup-a-Soup of zo, in plaats van om vier uur.

Maar wat doen ze dan in hemelsnaam om vier uur? Apart volkje.

Zo keerde ik onvoldaan terug naar mijn hotel, nam een hand winegums mee uit de hotellobby en wachtte ruim een uur op mijn kamer. Om halfacht was ik de eerste bij het restaurant. Daar zat ik, op het terras, met uitzicht op het plein waar Nietzsche ooit een paard zou hebben omhelsd. Aan de ene kant van het plein staat de Biblioteca Nazionale Universitaria, aan de andere kant een museum. Het zijn indrukwekkende gebouwen. Als je me naar de bouwstijl zou vragen, zou ik zeggen: barok of classicistisch. Maar vooral omdat ik eigenlijk ook niet meer bouwstijlen ken. Ja, Delftse School, maar ik vermoed niet dat dit Delftse School was.

Mijn bezoek aan dit plein heeft voor mijn gevoel iets willekeurigs: als het een plein verderop was geweest, dan had ik het ook geloofd. Niks hier herinnerde nog aan de fatale gebeurtenis. Ik bedoel, het is niet zoals de bunkers in Normandië, waar je de kogelgaten nog ziet zitten. (Of de plek van mijn ontmaagding, waar tot op heden de geur van angst en de vlekken van tranen waarneembaar zijn.) Op dit plein is het alledaagse en economische leven over de geschiedenis heen gewalst. En je kan het niemand kwalijk nemen. Waarom zouden al die mensen nog stil moeten staan bij het feit dat hier meer dan honderd jaar geleden iemand misschíen een paard heeft omhelsd?

En toch, terwijl ik over het plein uitkeek en wachtte tot de ober me zou bedienen, kan ik niet ontkennen dat het me iets deed. Mijn hoofd stond eigenlijk nog steeds niet naar Nietzsche, ik wilde het liefst gewoon een pizza eten, maar ik kon hier niet meer aan hem ontsnappen. De Nietzsche die ik had bewonderd, leek hier verder weg dan ooit; de Nietzsche die gestaag op de waanzin afstevent, des te dichterbij.

Nu ik erover nadenk, heeft de verschuiving in mijn waardering van Nietzsche niet alleen te maken met het feit dat ik me in zijn levensverhaal ben gaan verdiepen. Die verschuiving is minstens zozeer ingegeven door mijn eigen persoonlijke ontwikkeling.

Ik word niet snel verliefd. Zelfs bij Asha, mijn eerste vriendin, met wie ik vijf jaar samen was, heeft het maanden geduurd voordat ik verliefd werd. En op veel van de vrouwen met wie ik daarna ben geweest, was ik helemaal niet echt verliefd. Ik vond ze leuk, daar bleef het bij. Maar bijna een jaar geleden ontmoette ik dus Noortje. Noortje is een prachtige vrouw, slim, lief, ze heeft bovenal de meest grappige en onvoorspelbare gedachten. Waarschijnlijk was ik nooit eerder in mijn leven zo verliefd.

Je zou denken dat dit een positieve ervaring zou zijn, maar dat was het allerminst. Ik vind verliefdzijn verschrikkelijk. Ik heb geen idee hoe ik ermee moet omgaan. In liefdesliedjes is verliefdzijn het mooiste op de wereld, iets waardoor mensen op wolken lopen, vervuld raken van levenslust. Het effect dat het op mij heeft, is dat ik vrijwel elk moment van de dag in huilen kan uitbarsten. Behalve als ik bij haar ben, dan is alles goed. Maar elk ander moment van de dag ben ik verdrietig, omdat ik niet bij haar ben. Emotioneel gezien zijn verliefdheid en liefdesverdriet bij mij maar moeilijk van elkaar te onderscheiden.

Maar Noortje moeten missen was niet het enige wat ik moeilijk vond. Het moeilijkste was dat ik ineens mijn soevereiniteit kwijt was. Van mezelf heb ik een gezonde basis zelfvertrouwen, wat waarschijnlijk te danken is aan de overdosis liefde die ik in mijn jeugd heb gehad. Maar die basis leek ineens weggeslagen. Ik werd onzeker over van alles, mijn uiterlijk, over kwaliteiten die haar ex-vriendjes misschien hadden en ik niet. (En dan heb ik het natuurlijk niet over pottenbakken. Daar ben ik meesterlijk goed in.) Ook ontdekte ik een jaloezie die ik niet van mezelf kende. Noortje werkte naast zangdocent ook als manager op een kinderopvang. Ze vertelde eens over een jongetje, Tobias. Die komt soms bij haar op schoot zitten, en dan wil hij een kusje. Noortje zei: 'Ik ben echt smoorverliefd op dat jochie.' En ook al zal dat jochie niet ouder zijn geweest dan acht, ik voelde ineens een intense haat richting Tobias. Wie dacht die teringlijer wel niet dat-ie was? Hij moet met z'n poten van mijn vriendin afblijven.

De kern van mijn kwelling is vermoedelijk dat ik een bijna neurotische drang heb om de dingen te controleren, terwijl verliefdheid maakt dat ik me totaal afhankelijk voel van een wezen waar ik geen enkele controle over heb. (Bij wijze van spreken dan: we weten allebei dat de vrouwelijke wil enigszins te sturen is met een bosje bloemen hier en een oorbel daar.) (Oké, misschien niet met één oorbel, het moeten er minstens twee zijn. Of een ander even aantal; drie of vijf oorbellen is ook raar, zo is mij meermaals te verstaan gegeven.) Ik herinner me een keer dat Noortje en ik samen naar de bioscoop fietsten. Het had geregend en op een bepaald punt fietste zij voor me een steil bruggetje over. Ik dacht: stel je voor dat zij nu een smak zou maken met haar fiets. Dat zou ik minstens zo erg vinden als dat ik zelf zou vallen. Dus dat betekent: nu ik om haar geef, is de kans in feite twee keer zo groot geworden dat mij iets ergs overkomt. Mooi is dat.

Na drie maanden heb ik het uitgemaakt. Dat had verschillende redenen, maar een daarvan was dat ik niet goed wist om te gaan met alles wat ik hierboven beschrijf. Dat was precies wat ik niet kon gebruiken nu ik mijn debuutvoorstelling aan het maken was.

Op momenten dat ik Noortje miste – en dat waren er veel – was er altijd iets waaraan ik me kon vasthouden. Ik wist namelijk waarom ik voor deze weg, die soms eenzaam was, had gekozen. Het sleutelwoord was soevereiniteit. De compromisloze toewijding die nodig was om iets groots te presteren. In momenten van twijfel en eenzaamheid kon ik me altijd vasthouden aan Nietzsche als boegbeeld van dat ideaal.

Maar het boegbeeld van Nietzsche is voor mij steeds meer scheuren gaan vertonen. Steeds meer ben ik ervan overtuigd geraakt dat Nietzsches autonome levenshouding geen gekozen ideaal was, maar simpelweg zijn verweer tegen het leven. Kortom, dat het niet iets is om te bewonderen of na te volgen.

Zoals gezegd overlijdt zijn vader als Friedrich vijf is, iets wat hij heel bewust ervaart als een groot gemis. Hij groeit op met zijn moeder en zijn zus, met wie hij een moeizame band heeft, en over wie hij aan het eind van zijn leven zelfs schrijft in de meest hatelijke bewoordingen. Vriendschappen heeft hij wel, maar die zijn niet zozeer warm en innig, maar vooral gebaseerd op gedeelde intellectuele interesses, zoals de beroemde vriendschap met Richard Wagner. Ook deze loopt stuk, en ook vanwege intellectuele redenen. Zo zou Wagner met het stuk *Parsifal* een knieval hebben gemaakt voor het christendom. Voor Nietzsche is dat onvergeeflijk.

Maar de pijnlijkste ervaring voor Nietzsche op het sociale vlak heeft waarschijnlijk met een vrouw te maken. Natuurlijk, altijd weer een vrouw. In Rome stelt zijn vriend Paul Rée hem voor aan Lou Salomé, de hoogbegaafde dochter van een Russische generaal. Hun eerste ontmoeting vindt plaats in de Sint-Pieter en Nietzsches eerste woorden zijn: 'Van welke sterren zijn wij elkaar hier toegevallen?' Wat geen slechte openingszin is. Misschien iets te pathetisch voor het Cool Down Café, dat wel. Nietzsche valt voor Lou, er zijn toespelingen dat de twee misschien zelfs gekust hebben op de Monte Sacro (Nietzsche fluistert bij een later treffen in haar oor: 'Monte Sacro, – de verrukkelijkste droom van mijn leven dank ik aan jou'), maar wat er precies heeft plaatsgevonden, is in nevelen gehuld. Hoe dan ook beantwoordt Lou Salomé uiteindelijk zijn liefde niet. Twee keer wijst ze een huwelijksaanzoek van hem af. Paul Rée, die Nietzsche over dit alles in vertrouwen neemt, blijkt zelf stiekem ook verliefd op de Russin. Na de afwijzing gaan Paul en Lou uiteindelijk samen in Berlijn wonen. Bovendien hoort Nietzsche van zijn zus dat Lou Salomé hem eigenlijk een huichelaar vond, een egoïst, en dat zijn werk in alle opzichten de sporen vertoont van de waanzin. Zijn zus Elisabeth en Lou hadden een vete, dus het is de vraag of Lou dit werkelijk gezegd heeft. Wel is zeker, zoals Nietzsche zelf schrijft, dat deze woorden hem 'aan de rand van de waanzin' hebben gebracht.

In zekere zin luidt deze ervaring de laatste fase van zijn leven in. Het is een fase waarin hij enerzijds zijn meest productieve periode beleeft en zijn meest geroemde werken schrijft. Anderzijds leidt hij steeds meer een kluizenaarsbestaan. Hij leeft in de afgesloten wereld van zijn eigen ideeën en krijgt steeds meer moeite om zich tot de echte wereld te verhouden. Aan een vriend schrijft hij: 'Door uitsluitend met ideaalbeelden te verkeren ben ik zo prikkelbaar geworden dat ik in de omgang met de hedendaagse mensen ongelooflijk lijd en ongelooflijk veel ontberingen moet doorstaan.' Bovendien heeft hij het gevoel dat hij niet de erkenning krijgt die hem toekomt. Hij voelt zich gekrenkt als mensen hem als hun gelijke behandelen.

Hoe minder liefde hij ontvangt en hoe meer hij mensen uit zijn leven verbant, des te hatelijker en agressiever zijn filosofie wordt. Hij begint ook de teksten te schrijven waarvan je kan begrijpen dat de nazi's er later mee aan de haal gaan. Zo schrijft Nietzsche in het voorjaar van

1884 in zijn notitieboek dat het er voor de toekomst op aankomt een 'immense energie vrij te maken om iets groots te verrichten, om door teling en anderzijds door vernietiging van miljoenen mislukkelingen de toekomstige mens vorm te geven'.

Daarom wil ik graag geloven dat het verhaal van het paard echt heeft plaatsgevonden. Wanneer Nietzsche zijn armen om de hals van dat paard slaat, dan zie ik daar niet alleen zijn medelijden met het paard in, ik zie vooral zijn eigen wanhopige behoefte aan liefde – of hij die behoefte nu bewust ervaart of niet. In elk geval zie ik zijn geestelijke instorting niet langer als een onfortuinlijk incident, dat losstaat van de rest van zijn leven. Het is eerder alsof hij hier onvermijdelijk op afstevent.

En de ironie is wrang: de man die soevereiniteit propageerde als hoogste waarde, gaat er zelf aan ten onder, en is de laatste tien jaar volledig afhankelijk van de zorg van anderen, in het bijzonder van zijn moeder.

Terwijl ik mijn pizza funghi aansnijd, en Nietzsches noodlot overdenk, raak ik een idee op het spoor. (Zou dit mijn Inzicht der Inzichten kunnen zijn?) De vraag die ik in feite in mijn voorstelling opwerp, is de klassieke: 'Wat is de zin van het bestaan?' Het feit dat hier nooit een bevredigend antwoord op is gekomen, is volgens mij omdat de vraag zelf het probleem is. De vraag impliceert de volgende paradox: *het perspectief waaruit die vraag is gesteld, is niet het perspectief waaruit een antwoord geformuleerd kan worden.*

Dit is wat ik hiermee bedoel. 'Dé zin van hét bestaan' vraagt naar een alomvattende zinvolheid, die altijd en voor iedereen opgaat, ongeacht tijd, plaats, persoon, maatschappelijke verhoudingen et cetera. Het impliceert dus een afstandelijk, objectief perspectief.

Dat is vaak het perspectief vanwaaruit ik dingen beschouw, vanwaaruit veel filosofen de wereld beschouwen. Hierdoor heb ik ook vaak het gevoel alsof ik de wereld meer observeer dan dat ik er onderdeel van ben. Van dat afstandelijke perspectief is het heel gemakkelijk om van de wereld vervreemd te raken. De vraag wat de zin is van het bestaan, impliceert dus een perspectief vanwaaruit de wereld al snel haar zin en betekenis verliest. En andersom zijn het ook precies de momenten waarop ik het gevoel heb op een zinvolle manier deel uit te maken van de wereld, dat dit soort existentiële vragen simpelweg niet in me opkomen.

Iets of iemand hebben waar je om kan geven, dat is volgens mij onze enige manier om ons op een zinvolle manier tot de werkelijkheid te verhouden. Ons bestaan krijgt zin in relatie tot iets anders. Dat maakt soevereiniteit volgens mij een vals ideaal. Want onafhankelijkheid in zijn volmaaktste vorm mist net datgene waar het leven om draait.

Maar er is ook een schaduwzijde van dit inzicht: om iets geven maakt kwetsbaar, omdat we ons overgeven aan iets wat we niet onder controle hebben. Misschien verliezen we hetgeen waar we om geven, misschien worden onze gevoelens niet beantwoord, of misschien blijkt ergens om geven niet toereikend te zijn voor de uitkomst waar we op hopen. Dat maakt ook dat alles wat zinvol is, per definitie precair en kwetsbaar is. Dat is waarschijnlijk de prijs die we moeten betalen. De soevereiniteit schotelt een verleidelijk ideaal voor waarbij we die prijs niet hoeven te betalen, waarbij we zo veel mogelijk onafhankelijk zijn van de krachten buiten onszelf. Maar de prijs van dit ideaal zou weleens veel hoger kunnen uitvallen, in de vorm van vervreemding, of erger nog, in de vorm van de waanzin.

Ik vind het ook nog steeds erg moeilijk om met de

onzekerheid en afhankelijkheid om te gaan die bij liefde komt kijken, maar ik doe m'n best. En nog steeds kan blijken dat de verschillende dingen en personen waar we om geven niet met elkaar verenigbaar zijn. Dat is een tragisch feit. Maar ik kan het niet langer tegenover mezelf rechtvaardigen om iemand voor wie ik zoveel voel uit m'n leven te verbannen uit naam van een abstract ideaal.

Deze gedachten gaven me een gevoel van welverdiende gulzigheid en ik bestelde een grappa en toen ook maar meteen een tiramisu erbij. De zon was gezakt, en met een schaduw over het plein werd de temperatuur aangenaam. En om de een of andere reden voelde ik niet ineens meer zo de behoefte om afscheid te nemen van Nietzsche, laat staan om met hem af te rekenen. Ik voelde vooral compassie met hem.

Nietzsche bleef mijn vriend. En mijn waarschuwing.

Toen ik terugliep naar het hotel heb ik op het plein nog een klein dansje gemaakt. Ik hoor je denken: Ah, een ode aan Nietzsche. Niet zozeer. Er is namelijk één ding dat ik gemeen heb met Aziaten: een belabberde alcoholtolerantie. Die tiramisu was er één te veel.

Alle goeds,
Tim

5.

Brief uit Delft, waarin Tim even niet zo lekker in z'n velletje zit

DELFT, 2 *december 2015*

Beste Koos,

Hopelijk is alles goed met je. Ditmaal geen brief vanaf een verre reisbestemming, maar vanuit een kleedkamer van het bescheiden Rietveldtheater in Delft. ‘Het gezelligste theater van Delft’, zoals het zichzelf afficheert.

Eerder schreef ik je over Camus’ essay *De mythe van Sisyphus*, waarin hij het absurde behandelt. Wat het leven absurd maakt, is dat een onredelijke wereld botst met onze behoefte aan redelijkheid. Maar terwijl het ons *intellect* is dat op de onredelijkheid botst, zo maakt Camus duidelijk, toont het absurde zich vooral in *een gevoel*. Onze existentiële toestand doorgronden is niet een kwestie van een theoretisch inzicht opdoen, maar met ons gehele gevoel doordrongen zijn van de zinloosheid, de doelloosheid, de grondeloosheid. Een gevoel dat de vraag oproept of het leven wel de moeite waard is om door te zetten.

Het gevoel van de absurditeit, dat ervaar ik op dit moment. Soms weet je niet goed waarom het absurde je ineens overkomt, dat beaamt ook Camus: ‘Het gevoel van absurditeit kan ieder willekeurig mens op iedere willekeurige straathoek overvallen.’ Toch kan ik er misschien wel iets meer over zeggen dan dat het me plotseling, zonder duidelijke aanleiding overvalt.

Het is bijna een halfjaar geleden sinds ik je afgelopen zomer schreef vanuit Turijn. Na de zomer kwam ik in een maalstroom terecht van een intensieve try-outtour, een voorstelling die maar niet kloppend wilde worden terwijl de première dichterbij kroop. Ondertussen moesten Noortje en ik ons daardoorheen laveren, terwijl ik niet altijd in beste doen was, en door de stress mijn behoefte aan soevereiniteit weer opspeelde. In een poging om het belang van mijn ambitie te relativeren keek ik documentaires over de kosmos en de Eerste Wereldoorlog. Ik hielp mezelf herinneren: in het licht van een zon die langzaam opbrandt totdat ze de aarde zal opslokken en wegvagen, volgens natuurwetten die volstrekt onverschillig staan tegenover alles wat hier gebeurt, een zon die zich bovendien ophoudt tussen 200 miljard andere sterren in de periferie van het Melkwegstelsel, dat maar een van de vele miljarden sterrenstelsels vormt in het universum – wat betekent mijn cabaretvoorstelling nou eigenlijk in dat licht? En wat stelt mijn worsteling voor in vergelijking met de uitgeputte mannen die in de loopgraven van Verdun uur na uur werden blootgesteld aan de oorverdovende dreunen van een artilleriebombardement, wetende dat elke volgende inslag de fatale kan zijn? Zou elk van die mannen niet onmiddellijk zijn lot willen verruilen voor het gevaar van een matige cabaretrecensie?

Toch slaagde deze methode maar mondjesmaat. De aankomende première liet zich maar moeilijk relativeren. Je zou goed kunnen zeggen dat, vanaf het moment dat ik had besloten om cabaretier te worden, zo rond mijn zeventiende, dit het punt is waar ik naartoe had geleefd. Ik kon me niet voorstellen dat er daarna ook nog een wereld zou zijn.

Maar die bleek er toch te zijn. De cabaretvoorstelling is er, en afgaande op de reacties kun je zeggen dat ze is geslaagd. Toch heb ik ondanks alle lof meer het gevoel dat ik iets heb verloren dan dat ik iets heb gewonnen.

Er schuilt een zekere ironie in het feit dat ik een voorstelling heb gemaakt over de fundamentele *zinloosheid* van het bestaan, maar dat het maken van die voorstelling *mijn leven zin verschafte*. Het voelt als een lesje nederigheid: het feit dat ik erudiet kan spreken over de grondeloosheid, betekent niet dat ik erboven sta. In de voorstelling zeg ik zelfs dat mensen zich in allerlei bevredigingen verliezen om het besef van het absurde op afstand te houden. Maar gold dat niet net zozeer voor mijzelf? Mijn bevrediging was het vooruitzicht van al het moois dat het slagen van de voorstelling me zou opleveren. En nu dat streven wegvalt, voel ik eigenlijk pas waar ik al die tijd m'n mond van vol had. En vraag ik me ineens af of de illusie van de zinvolheid niet beter is dan het bleke besef van de zinloosheid.

Ik kan ook niet goed zeggen wat ik dan had gehoopt van tevoren, wat er wezenlijk zou moeten zijn veranderd. Natuurlijk hoopte ik op erkenning, maar ik was ook weer niet zo naïef om te denken dat dat mijn wereld zou veranderen. Al merk ik wel dat anderen die verwachting soms op me projecteren. 'Ik hoef je niet te vragen hoe het met je gaat, hè, want dat weet ik al!' zei iemand. Sommige mensen lijken toch rond te lopen met het idee dat zodra je publiekelijke erkenning hebt, je leven fundamenteel anders is, een leven waarin je bevrijd bent van het normale bestaan en al het gedoe dat daarbij hoort.

Maar hier zit ik, in 'het gezelligste theater van Delft'. Het is het kleinste theater van de tour, er kunnen amper honderd man in en de technische mogelijkheden zijn zeer beperkt. Rond halfvijf kwam ik hier aan. Omdat ik het niet prettig vond om in de trein naar het toilet te gaan, had ik mijn plas opgehouden. Ternauwernood bereikte ik het theater, maar toen ik aanbelde kreeg ik geen respons. Ik belde mijn impresariaat, mijn impresariaat belde het theater. Na ongeveer tien minuten deed een technicus open, die 'ook niet van hier' was. Hij had de bel gehoord, maar dacht dat er wel iemand anders van het theater aanwezig was om open te doen.

Toen ik de zaal binnenkwam, bleek die nog volledig onopgebouwd, met overal over de vloer lichtfilters verspreid.

Je hebt ongetwijfeld weleens een kale theaterzaal gezien, Koos. Nog altijd vind ik het verschil tussen een kale theaterzaal en een gevuld theater rond aanvangstijd ronduit ontluisterend. Een theaterzaal rond aanvangstijd voelt in alles als een plek waar iets van betekenis staat te gebeuren. Er is inloopmuziek, die vermoedelijk gekozen is in het kader van wat er straks gaat gebeuren. Er zijn tal van andere mensen die blijkbaar ook reden hebben gevonden om naar deze plek te komen. (De aanwezigheid van anderen heeft altijd iets geruststellends: zelfs als we onze eigen redenen om ergens te zijn niet duidelijk hebben, kunnen we leunen op de redenen van anderen om daar te zijn; ook al hebben zij die redenen voor zichzelf misschien ook niet duidelijk en leunen zij weer op ons.) Op het podium staat een decor als aanwijzing, als clue, voor iets wat straks gaat gebeuren, waarover is nagedacht. De lichten doven, het geroezemoes verstilt, we kunnen ons overgeven aan een plan dat op het podium wordt uitgevoerd.

Hoe groot is dat verschil met een kaal podium, zoals ik dat vaak aantref als ik een theater binnenkom. Rijen van lege stoelen, de echo van de holle ruimte, behalve een technicus vaak geen ziel te bekennen, geen of een half decor, het koude werklicht aan. Nog altijd kan ik ervan schrikken en denken: Wat doe ik hier? Het voelt als het absolute tegendeel van een plek waar iets betekenisvols gaat gebeuren.

In plaats van samen ergens wat te eten, zoals mijn technicus Nicolaas en ik normaal gesproken doen, stel ik voor om ergens eten af te halen, zodat hij samen met de technicus die ook niet van hier is verder kan werken. Met een verloren gevoel struin ik door het centrum van een vroeg donker Delft. Omdat het nog voor vijven is, zijn de meeste eetgelegenheden nog gesloten. In een Indonesisch restaurant zie ik een kleine, oude vrouw tafels klaarmaken. Ik klop op het raam. Ze doet open en ik vraag of ik iets kan bestellen om mee te nemen. Ze antwoordt in gebrekkig Nederlands dat dat kan, maar dat ik haar eerst even moet helpen. De deur moet op een haakje zodat die openblijft, daar kan ze zelf niet bij. Binnengekomen moeten alle lampen boven de tafels aan. Niet met een lichtknop, dat zou ze natuurlijk zelf kunnen. Nee, de werkwijze zit anders in elkaar. Alle peertjes zitten losgedraaid in de schemerlampen, en het is mijn taak om ze een voor een vast te draaien. Dat doe ik braaf, terwijl de vrouw voor wie de lampen te hoog hangen naast me staat. Ik ben het niet gewend om in een restaurant zo'n taak toebedeeld te krijgen, maar het levert een vreemd soort intimiteit op tussen mij en de oude vrouw. Of misschien is dat alleen in mijn beleving zo, en is er in werkelijkheid elke dag iemand anders die voor haar de lampen aandraait. In dat geval voel ik me een beetje gebruikt.

Ik overweeg even om de vrouw te vertellen dat ik me zwaar voel. Dat eigenlijk alles goed is in mijn leven, maar dat ik even niet weet hoe ik verder moet. Ik fantaseer dat ze me een wijs advies geeft, dat ze misschien zelfs een Indonesisch gezegde aanhaalt. Maar in plaats daarvan ga ik zwijgzaam verder met het aandraaien van alle lampen.

Een halfuur later zitten Nicolaas en ik met een

magnetronbak gevuld met rijst in de kleedkamer. Het is er ijskoud, dus we zitten met onze jas aan. Er is nog steeds niemand van het theater aanwezig, dus ook niemand die weet hoe de kachel aangaat.

Nu is het een halfuur voor aanvang, en ik hoor publiek het theater binnenkomen. Optreden is op dit moment het laatste waar ik zin in heb. Bovendien heb ik te veel gegeten, wat er bij mij meestal in resulteert dat ik gedurende mijn hele optreden boertjes moet laten. Het toilet dat bij de kleedkamer hoort, is trouwens ook het invalidetoilet. Daar kwam ik zojuist achter toen ik in een halve depressie mijn pre-optreden-boodschap zat te doen, en er door een andere deur iemand in een rolstoel binnenkwam. We keken elkaar een paar seconden aan en ik realiseerde me: het is natuurlijk niet voor niks het gezelligste theater van Delft.

Wie weet vertel ik dit verhaal nog eens als iemand me zegt: 'Ik hoef je niet te vragen hoe het met je gaat, hè!'

Enfin, ik weet niet precies waar deze brief naartoe gaat, anders dan proberen uit te leggen hoe ik me voel. Maar ik weet niet of dat überhaupt wel mogelijk is. Of je het gevoel van het absurde kan uitleggen aan iemand die het misschien wel nooit heeft ervaren. Nu is het hoog tijd om me te gaan omkleden en mijn voorbereidingsritueel te starten. Zoals je weet heeft elke artiest zo z'n eigen rituelen. Het mijne is met volle kracht een pak vlaflip op de grond kapotgooien. Als de gele en bruine vla precies in het yin-yangsymbool op de grond terechtkomen, dan wordt het meestal een goede voorstelling. En zo niet, dan heb ik na afloop altijd nog de troost van vlaflip die ik van de grond kan oplepelen.

Alle goeds,
Tim

PS. Deze brief schreef ik ongeveer een maand terug. Om de een of andere reden kwam ik er niet toe om hem op te sturen. Bovendien voelde ik me een paar weken later alweer beter, waardoor de noodzaak van de brief wegviel. Nu moest ik weer aan de brief denken, omdat een soortgelijke zwaarmoedigheid zich weer meester van me heeft gemaakt. Nu echter voeren niet existentiële, maar lichamelijke klachten de boventoon, al weet ik niet in hoeverre die met elkaar verband houden in mijn geval.

Vandaag zat ik in Amsterdam-West in de wachtkamer van een cardiologiekliniek. Ik vind het nog altijd leuk dat er bij medische instellingen zoals hier, of bij de huisartsenkliniek, een gebruik is om bij binnenkomst de andere wachtenden te groeten. En dat de andere wachtenden die groet beantwoorden. Waarom juist hier dit gebruik? Waarom bijvoorbeeld niet als je een treincoupé binnenloopt?

Ik heb er een hypothese over ontwikkeld. In ons leven proberen we ons te onderscheiden, iets na te streven wat ons uniek maakt, we proberen ergens in uit te blinken, waarbij we onze kwetsbaarheden zo veel mogelijk proberen te verbergen. Maar hoewel onze unieke gaven, onze verdiensten, onze prestaties ons van anderen *onderscheiden*, is het onze feilbaarheid, *onze gebrekkige aard* die we met elkaar delen. Het is de onvermijdelijkheid van ons falen die ons met elkaar verbindt.

Bij de dokter worden we herinnerd aan die gedeelde kwetsbaarheid. We zijn immers allemaal bij de dokter omdat er iets mis is met ons (of, in mijn geval als hypochonder, omdat we denken dat er iets mis is). Bij de dokter zijn we allemaal *patiënt* (letterlijk in het Latijn: 'hij of zij die lijdt'). In het gezamenlijk lijden herkennen we elkaar als medemens.

Vandaar het groeten bij de dokter en niet in de trein. Want in de trein gaan we allemaal ergens naartoe, met een eigen doel en bestemming, we zijn ons bezig te onderscheiden alsof het ertoe doet. Alsof het allemaal ergens anders toe zou kunnen leiden dan de dood. Bij de dokter kunnen we die illusie niet meer ophouden. In dat geval ligt het voor de hand om elkaar te groeten, als erkenning van ons lotgenootschap.

Vandaar ook waarschijnlijk dat als ik de behandelkamer van de huisarts uitkom en, zoals meestal, is gebleken dat ik me zorgen maakte om niks, ik weer even in de illusie van mijn onsterfelijkheid geloof en de neiging moet onderdrukken om niet terug te wachtkamer binnen te lopen en te zeggen: 'Deze jongen heeft helemaal niks! Tabee, stelletje losers!'

Het wachten duurt lang deze keer. Uiteindelijk wordt mijn naam geroepen. Een soort verpleegster, in elk geval geen arts, neemt bloed af en plakt sensors op mijn borst. Die sluit ze aan op een kastje, dat ze in een buideltje om mijn lichaam hangt. Ik vraag aan de vrouw of het klopt dat de sensors vooral op mijn rechterborst geplakt zijn, aangezien het om mijn hart gaat.

'Nu begin ik zelf ook te twijfelen...'

Dit zijn niet de woorden die je van een medicus wil horen. Je wilt iemand voor je hebben die die dingen al zo vaak heeft opgeplakt dat hij of zij daar geen seconde over hoeft te twijfelen. Twijfelen is voor filosofen. Filosofen zouden dan ook slechte artsen zijn. 'Voordat we u gaan behandelen, moeten we de vraag beantwoord krijgen of het leven überhaupt de moeite waard is geleefd te worden.'

'Nee, het is toch goed zo,' besluit de verpleegster dan.

Twee dagen draag ik dit bij me, ook als ik slaap. Douchen mag niet. Al een paar maanden heb ik last van een snel kloppend hart, maar sinds kort slaat m'n hart ook slagen over. De sensors brengen mijn hartslag in kaart, om erachter te komen of ik een hartafwijking heb. De bloedafname is om te onderzoeken of het misschien met mijn schildklier te maken heeft. Mijn eigen vermoeden is dat het stress is. Ook heb ik namelijk vaak zware, vermoeide benen, en als ik geen wekker zet, slaap ik wel twaalf uur achter elkaar. En al zijn er op dit moment niet veel stressfactoren in mijn leven, denk ik dat ik in het spannende afgelopen halfjaar een schuld bij mijn lichaam heb opgebouwd die ik nog aan het afbetalen ben.

Maar goed, misschien is het wel gewoon een ernstige hartafwijking, en waar hebben we het dan nog over?

Ik hou je op de hoogte van mijn lichamelijke en existentiële worstelingen.

6.

Brief uit Praag, waarin Tim ontdekt wat kapitalisme en communisme met elkaar gemeen hebben

PRAAG, 25 *februari 2016*

Beste Koos,

Dit keer schrijf ik je vanuit Praag, of Praha, zoals ze het hier in Tsjechië zo eigenzinnig noemen. Voordat ik verderga, zal ik nog even terugkomen op het hartonderzoek. (Lief dat je het vraagt, Koos.) Ik heb geen ernstige hartritmestoornis. Wat ik heb zijn 'extrasystolen'. Dat voelt dus alsof je hart slagen overslaat. Het is feitelijk net iets anders, maar dat kan Wikipedia je beter uitleggen dan ik. Of een encyclopedie. Je lijkt me een type dat nog een ouderwetse encyclopedie heeft. Al zou het goed kunnen dat de wetenschap over extrasystolen sinds 1850 is gevorderd. Hoe dan ook, het is op zich niks zorgelijks. Het komt bij veel mensen voor, al gebeurt het bij mij wel erg vaak. En inderdaad is het meestal stressgerelateerd. De dokter zei: 'Je hebt een lichaam dat veel stress vasthoudt. Dat is in combinatie met op een podium staan natuurlijk niet ideaal. Eigenlijk had je met jouw fysieke gestel beter op een postkantoor kunnen werken.' Mijn dokter is duidelijk niet op de hoogte van de recente ontwikkelingen op de postmarkt. Niet alleen daalt de brievenpost (ondanks mijn verwoede pogingen) al jaren, sinds de liberalisering is de concurrentie ook nog eens moordend, met als gevolg een steeds groter aantal postkantoren dat de deuren sluit. Ik zou in de constante angst verkeren of ik volgende maand nog wel een baan zou hebben. Voor iemand met mijn fysieke gestel is dat spelen met vuur.

Sowieso gaat het een stuk beter. Ik heb me weer verzoend met de volstrekte zinloosheid van het bestaan. Tussen mij en Noortje gaat het ook goed. Voor in de lange treinreis naar Praag heeft ze *tiropitas* voor me gebakken. Dat is een traditionele Griekse lekkernij: een soort appelflappen, maar dan gevuld met spinazie en ricotta. Zalig. Het enige wat ik er misschien aan zou wijzigen, is de spinazie en ricotta vervangen door appel. Verder niks meer aan doen.

Onlangs werd ik gegrepen door de roman *HhhH* van Laurent Binet. Ik las op elk mogelijk ogenblik; een aantal keer werd ik zelfs uit mijn boek opgeschrikt toen over de intercom in mijn kleedkamer werd omgeroepen dat de voorstelling over vijftien minuten zou beginnen. Onprofessioneel, hoor ik je denken, Koos. Maar dit is de reden dat ik op het podium een elastisch shirt draag dat ik in mijn rugtas kan proppen en minuten voor aanvang kan aantrekken zonder te hoeven strijken. Professionaliteit 2.0 noem ik dat.

Het boek gaat over de aanslag op Reinhard Heydrich, de rechterhand van Heinrich Himmler. Deze weinig bekende nazileider was Reichsprotektor van het ingenomen Bohemen en Moravië; dankzij zijn meedogenloze optreden verdient hij al snel de bijnaam 'de beul van Praag'. Ook heeft deze man aan de wieg gestaan van de Holocaust: op 20 januari 1942 zat hij de Wannseeconferentie voor, waar tot de systematische uitroeiing van de joden werd besloten. Absurd om te bedenken, niet? Dat er een situatie is geweest waarin mannen, in een uniform en een decor dat voornaamheid en beschaving suggereerde, afkomstig uit een land dat cultureel en economisch zo'n beetje het meest ontwikkelde was ter wereld, samenkwamen om op een 'redelijke' manier over de '*Endlösing der Judenfrage*' te vergaderen. Mogelijk zelfs met chocoladekoekjes op tafel. 'Van Heinrich kreeg ik al door dat hij iets eerder weg moet om zijn kinderen van de crèche te halen, dus laten we snel beginnen met agendapunt één. Wat te doen met de joden? Misschien kunnen we daar wat ideetjes over heen en weer tikken. Voel je vrij, en onthoud: er bestaan geen slechte ideeën.' Het zal misschien niet precies zo zijn gegaan, maar elk mogelijke voorstelling ervan is absurd.

Kortom: voldoende reden om Reinhard Heydrich uit de weg te ruimen. Met hulp van de Britse *Special Operations* hebben de Tsjech Jan Kubiš en de Slowaak Jozef Gabčík een zorgvuldig geplande aanslag voorbereid. Het is een bloedstollend verhaal, inclusief haperende geweren op het moment suprême, maar ze weten Heydrich toch nog te verwonden met een granaat. Ze ontsnappen, duiken onder, worden verraden, vluchten naar een kerk, en worden opnieuw verraden. Met een aantal andere verzetslieden verschansen ze zich in de crypte van de kerk, waar ze het acht uur weten uit te houden tegen een overmacht van achthonderd SS'ers. Als hun munitie opraakt, plegen ze zelfmoord om arrestatie te voorkomen. Heydrich overlijdt een paar dagen na de aanslag aan zijn verwondingen.

Deze mannen doen de term held wat mij betreft eer aan. In Nederland hebben we een glossy met de naam *Helden*, die gaat over Nederlandse topsporters. Op Wikipedia lees ik de volgende definitie van een held(in): 'Iemand die, wanneer geconfronteerd met rampspoed of gevaar, moed en bereidheid tot zelfopoffering betoont voor een grotere zaak.'

Gelukkig kan iedereen lemma's in Wikipedia aanpassen, want op basis van de sportglossy lijkt deze definitie me inmiddels achterhaald. Blijkbaar betekent een held tegenwoordig ook: 'Iemand die zijn of haar leven wijdt aan een zeer beperkte, vaak nutteloze vaardigheid, zoals 100 meter rennen, of 10.000 meter rondjes schaatsen tegen de klok in, en daar (niet zo vreemd) heel goed in wordt, en die gemotiveerd wordt door een combinatie van roem en geld van commerciële sponsors, die op hun beurt de held gebruiken als een wandelend reclamebord, in de hoop dat zijn of haar prestaties afstralen op de sponsor zelf en zo een positief effect hebben op de winstbalans.'

Misschien niet de meest beknopte definitie – en om eerlijk te zijn had ik er ook nog graag aan toegevoegd: 'die alleen als held geldt wanneer hij of zij in hetzelfde land geboren is als wij. Tenzij het Max Verstappen is; dan is België ook goed genoeg.' Maar ik moest ergens concessies doen. Hoe dan ook hoop ik dat mijn punt duidelijk is, dat we het heldencriterium van 'bereidheid tot zelfopoffering voor een grotere zaak' een beetje uit het oog zijn verloren. Tenzij je met 'een grotere zaak' een telecomprovider of een supermarktketen bedoelt.

Tijdens het lezen van *HhhH* moest ik ook regelmatig denken aan iemand anders die voor mij geldt als held in de originele zin van het woord: Václav Havel. De Tsjechische schrijver is in mijn ogen een man met een zeldzame integriteit. Ook hij kwam in Praag in verzet tegen een kwaadaardig regime, een aantal decennia later. Zowel langs artistieke als langs politieke wegen neemt hij het op tegen het onderdrukkende communistische regime, dat na de Praagse Lente van 1968 elke schijn van idealisme verloren heeft. Voor zijn politieke activiteiten belandt Havel meermaals in de gevangenis, het langst van 1979 tot 1983. Als in 1989 de protesten aanzwellen, gaat Havel voorop.

Ik was twintig toen ik zijn beroemd geworden essay

De macht der machtelozen las. Het maakte diepe indruk op me, vooral het idee van maatschappelijk verzet als existentiële levenshouding. Ik besloot me daarop aan te sluiten bij de Universitair Activisten. Al moet ik zeggen dat het enigszins verwarrend was toen ik erachter kwam dat een aanzienlijk deel van de Universitair Activisten communist bleek te zijn. Maar goed, de club stelde dusdanig weinig voor – regelmatig kwamen we er aan het einde van een vergadering achter dat niemand had genotuleerd, wat onhandig was, omdat we daardoor niet meer konden achterhalen wie een lokaal had moeten regelen – dat het in de praktijk weinig uitmaakt welke ideologie we aanhingen.

Met al deze Praagse helden in mijn gedachten, doemde de confronterende vraag op wat er is gebeurd met mijn idealistische vuur. Niet dat ik onverschillig ben geworden, maatschappelijke kwesties houden me nog steeds bezig. Ik lees de krant, ik vorm opinies. Maar wat betekent dat, een opinie vormen? Vaak is dat de dingen kaderen zodat ze hun emotionele lading verliezen en ik ze op een veilige afstand kan plaatsen. Vroeger dacht ik veel meer na over mijn maatschappelijke rol, en wat ik kon doen om dingen te veranderen. De Tim die begin twintig was, zag iedereen die geen vegetariër was als een halve fascist (of een hele fascist, afhankelijk van of diegene ook nog op de VVD stemde).

In die zin ben ik milder geworden, maar ik weet niet of dat me wel bevalt. Kijk naar de brieven die ik je heb geschreven en de vragen die me bezighouden. Is het niet gewoon filosofisch ingeklede navelstaarderij? 'Is er troost voor de dood?' Of: 'Wat is de zin van míjn bestaan?' Vroeger had ik dit soort existentieel geneuzel veroordeeld als een vorm van decadentie. Waar het om gaat, is *rechtvaardigheid*. Meer heb je niet nodig als je je afvraagt wat het leven voor zin heeft.

Aan de andere kant: voor Jan Kubiš, Jozef Gabčík en Václav Havel was het zo klaar als een klontje waartegen ze in opstand moesten komen. Zij hadden het kwaadaardige nazisme en een totalitair communistisch regime. Dan is het makkelijk praten. Het is veel minder evident waar een burger in een van de rijkste liberale democratieën voor moet strijden.

Ik besloot naar de plek te gaan waar al die heldendaden waren verricht, in de hoop dat ik daar nog een vonk van mijn idealistische vuur zou terugvinden.

***

In de trein naar Praag herlas ik op mijn laptop Havels essay *De macht der machtelozen.* Daarin noemt hij het voorbeeld van een groenteboer die in de vitrine een bord heeft staan, zoals vrijwel alle winkeliers dat destijds hadden, met de tekst 'PROLETARIËRS ALLER LANDEN, VERENIGT U!' Het is de slotzin van het *Communistisch Manifest,* die de Tsjechoslowaakse regering onder druk van Moskou als slogan heeft geadopteerd. Havel wijst op de hypocrisie van de groenteboer. Hij toont dit bord namelijk niet uit enthousiasme voor de regering of voor de communistische idealen, laat staan dat hij ooit heeft nagedacht over hoe zo'n internationale vereniging van arbeiders er überhaupt uit zou moeten zien. Het bord staat in zijn vitrine omdat hij in de problemen kan komen als het ontbreekt. De eigenlijke betekenis is dus: 'Ik ben gehoorzaam en onderdanig en daarom heb ik het recht om met rust gelaten te worden.' Het bord is een façade, waarmee de groenteboer in de ogen van Havel zijn vernedering accepteert.

De Tsjechische groenteboer hoeft de leugen niet noodzakelijk te geloven, het enige wat hij hoeft te aanvaarden is *met de leugen te leven.* En op die manier bevestigt hij het systeem, vórmt hij het systeem. Net zoals de groenteboer het systeem legitimeert door mee te doen met al zijn schijnverkiezingen, door bij de vakbond te stemmen zoals van hem wordt verwacht, en door al die andere rituele schijnvertoningen waar hij in meegaat, en door de leugens en *new speak*-achtige eufemismen die de overheid hem voorschotelt te accepteren.

De vorm van protest die Havel voorstaat, is die van simpelweg uit de leugen te stappen. De groenteboer haalt het bord weg uit zijn vitrine, stemt niet meer bij de schijnverkiezingen, en bij vakbondsvergaderingen spreekt hij uit wat hij werkelijk denkt. *In waarheid leven*, dat is de 'macht der machtelozen'.

Ik heb de neiging om een kopietje van Havels essay bij mijn Amsterdamse groenteboer in de brievenbus te doen. De mandarijnen die hij durft aan te prijzen hebben weinig te maken met een waarachtige levenshouding. Wat me ervan weerhoudt is dat het misschien niet zozeer hem te verwijten valt, als wel de onbetrouwbare, leugenachtige aard van mandarijnen. Als je het mij vraagt is het verschil tussen goede en slechte mandarijnen simpelweg te groot om een aankoop te rechtvaardigen. Het is een soort Russisch Roulette. Een goede mandarijn is heerlijk: sappig, zoet, een licht zuurtje om het interessant te houden. Maar tegelijkertijd kan er met mandarijnen zoveel mis gaan: te droog, te zuur, een veel te dunne schil die versmolten lijkt met de rest waardoor hij onmogelijk te pellen is, superveel van die witte, meelderige aanslag, of een mandarijn met ineens tachtig pitten per partje. Bovendien is het van de buitenkant onmogelijk om te zien met wat voor mandarijn je te maken hebt. Dus heb ik onlangs voor mezelf besloten: ik begin er niet meer aan. Als iemand me een mandarijn aanbiedt, of ik krijg er één uitgedeeld met Sint-Maarten: prima, dan neem ik de gok. Maar ik ga niet meer zelf een heel net van anderhalve kilo aanschaffen. Ik ben gekke Henkie niet.

In waarheid leven werkt in verschillende dimensies. Ten eerste is het een vorm van *politiek* protest. Door zich niet langer aan de spelregels te houden van het systeem, ontmaskert de groenteboer het als slechts een spel; zolang de schijn niet wordt geconfronteerd met de realiteit, kan de schijn doorgaan voor de werkelijkheid. Met deze simpele daad toont de groenteboer aan de rest van de wereld dat het mogelijk is om uit de leugen te stappen.

Ten tweede – en dit is voor Havel minstens zo belangrijk – vormt in waarheid leven tegelijkertijd een *existentieel* protest. Wat Havel laat zien, is dat het totalitaire systeem van het Sovjetblok niet simpelweg een machtsuitoefening is van boven naar beneden: burgers helpen mee het systeem te vormen, en dat is niet enkel te wijten aan angst voor repercussies, maar ook omdat er *een totalitaire verleiding* is. Havel stelt net als andere denkers de diagnose dat het Westen zich in een existentiële crisis bevindt. Hij noemt Nietzsche niet expliciet, maar in een wereld waarin God dood is en een solide houvast ontbreekt, gaat er een hypnotische charme uit van een totalitaire ideologie. In zo'n wereld is het verleidelijk om een systeem te aanvaarden dat pretendeert een antwoord te geven op alle vragen en dat van alles de betekenis bepaalt. Daarom noemt Havel het totalitaire systeem ook wel 'een seculiere religie'.

Met het zwichten voor de totalitaire verleiding betalen we echter wel de hoogste prijs: we leveren onze redelijkheid en ons geweten uit aan de staat, en daarmee geven we ook onze waardigheid uit handen. In waarheid leven is dus een existentiële daad: we eisen daarmee onze waardigheid weer op. Misschien zie je de overeenkomst met wat ik ooit schreef over Albert Camus en zijn essay

De mens in opstand. Ik vermoed dat Havel en Camus het goed met elkaar zouden kunnen vinden. Al weet je dat natuurlijk nooit zeker: ik ben het altijd behoorlijk eens met Jesse Klaver, en toch kan ik hem om de een of andere onverklaarbare reden niet uitstaan.

Na de val van de Berlijnse Muur en de ondergang van het communistische Oostblok was lange tijd de consensus dat de liberale democratie het beste politieke model is. Het is het enige waarin burgers worden erkend als autonome individuen, met de bijbehorende rechten, en gekoppeld aan de vrije markt zou het ook economisch het meest efficiënt zijn. Tegenwoordig klinkt steeds vaker het geluid dat dat idee achterhaald is. Landen als Turkije, Rusland en China zouden bewijzen dat het niet de democratische regimes zijn die triomferen, maar autocratische. Veel zich ontwikkelende landen zouden nu eerder naar China kijken als voorbeeld dan naar de westerse democratieën: China is niet alleen economisch succesvoller, maar lijkt ook stabieler dan de westerse democratieën, die steeds meer wankelen onder polarisering en populisme.

Toch draagt Havel in mijn ogen een ander cruciaal argument aan voor de liberale democratie: de triomf van waarheid boven leugen. Een constante van totalitaire en autocratische regimes lijkt dat ze niet zonder leugens kunnen overleven: de staatspropaganda in Rusland, de onvrijheid van meningsuiting in China, Orbán en Erdoğan die steeds verder de vrije pers aan banden leggen, om nog maar te zwijgen over Noord-Korea. Ten tijde van de vorige president Kim Jong-il geloofden veel burgers dat hun leider tijdens zijn driejarige studie vijftienhonderd boeken heeft geschreven, en zes opera's, die volgens zijn officiële autobiografie stuk voor stuk beter zijn dan alle andere in de geschiedenis van de muziek. En bovendien dat hij de snelste man ter wereld was. Persoonlijk hou ik het op Usain Bolt. Maar goed, die heeft ook veel minder opera's geschreven, dus dan hou je meer tijd over om te oefenen.

Ik ben heus niet zo naïef om te denken dat wij in onze liberale democratie geen leugens en halve waarheden voorgeschoteld krijgen door onze regering, maar leugens zijn geen noodzakelijke bestaansvoorwaarde voor ons politieke model. Sterker nog, in ons systeem zijn waarborgen ingebouwd om leugens te corrigeren, zoals een vrije pers, de Wet openbaarheid van bestuur, en niet te vergeten Gerri Eickhof.

Toen ik halverwege het essay was, verscheen op mijn scherm een melding dat mijn laptop bijna leeg was. Ik graaide in mijn rugtas en besefte tot mijn schrik dat ik de oplader thuis in het stopcontact had laten zitten. Een kleine ramp, onder andere omdat ik op mijn telefoon geen internet heb. In mijn hoofd ontvouwden zich paniekerig de consequenties: Hoe moet ik Koos dan een brief schrijven? Met de hand? Dacht het niet. Ik probeer een zeker intellectueel imago hoog te houden; zonder het corrigerende rode lijntje van Word heb ik vaak geen idee hoe je woorden speld. En ook: Hoe kan ik zonder laptop googelen waar in Praag een Apple Store te vinden is voor een nieuwe oplader – of er überhaupt een Apple Store is? In mijn hoofd krabbelden de Oostbloklanden pas net op van jarenlange communistische onderontwikkeling, dus ik was er niet gerust op. Hoe snel ga je van voedselbonnen naar blinkende Appleproducten?

Hoe dan ook moest het doel van mijn bezoek aan Praag tijdelijk worden bijgesteld: de zoektocht naar mijn idealistische vuur moest even wachten totdat ik een oplader voor mijn MacBook had gevonden.

***

Toen ik gisterochtend van de nachttrein stapte en het station Praha hlavní nádraží uit liep, werd ik ontvangen door een welkomstcomité van daklozen. Nog nooit zag ik zoveel bedelaars bij elkaar. Normaal gesproken geef ik wel wat, maar dit enorme aantal ontmoedigde me: als ik één iemand iets geef, moet ik dan de anderen niet ook iets geven? Straks komt de rest ook op me af, als een troep meeuwen die ontdekt dat je brood bij je hebt.

Nadat ik mijn koffer naar het hotel had gebracht, vroeg ik bij de receptie waar de Heilige-Cyrillus-en-Heilige-Methodiuskerk was, de plek waar de verzetshelden dapper weerstand boden tegen honderden SS'ers. Vervolgens vroeg ik of er in de buurt een Apple Store was. (Dat was niet per se de volgorde waarin ik op dat moment in deze twee dingen geïnteresseerd was, maar ik wilde ook geen barbaar lijken.) Het meisje achter de balie leek niet helemaal te begrijpen wat ik bedoelde. Toen ik verduidelijkte dat het om een oplader voor mijn laptop ging, wees ze me een elektronicazaak in de buurt van de kerk. Ik achtte de kans klein dat ze daar ook Apple-opladers hadden, dus ik besloot zelf maar op onderzoek uit te gaan.

Onderweg naar de kerk werd het Praag van mijn verbeelding volledig gelogenstraft. Vrijwel niks hier herinnert aan de tijd dat dit land in handen was van het communistisch regime. Het Praag van nu ademt vooral commercie en kapitalisme. Veelzeggend vond ik dat het Museum van het Communisme zetelt boven een McDonald's en gelegen is naast een casino. Het plein waar in 1989 onder leiding van Václav Havel de omverwerping van de communistische regering werd gevierd, is nu een boulevard waar groots de logo's prijken van KFC, Burger King, C&A, H&M, M&S. (Tip van mij voor als je een warenhuis wilt beginnen en je nog een goede naam zoekt: twee letters verbinden met een '&', en je zit gebakken. Al toont V&D meteen de uitzondering op de regel.)

Een complexe mix van gevoelens maakte zich van mij meester. Er was teleurstelling, over het feit dat het oude historische centrum, dat terecht bekendstaat om zijn indrukwekkende architectuur, door al die logo's en bekende ketens op iedere andere grote westerse stad begint te lijken. Teleurstelling werd gevolgd door schaamte: het feit dat mij vooral de vraag bezighield of ik een Apple Store zou vinden, maakte me overduidelijk medeplichtig.

Gezien het feit dat Praag een van de grootste toeristische trekpleisters van Europa is, is het ook niet meer dan logisch dat de commercie daarop inspeelt. Al een aantal keer ben ik bijna van mijn sokken gereden door een malloot op een Segway, die behoorlijk groot zijn in aantal, en die op de meest opdringerige manier toeristen proberen te werven voor een tour. Wat me ook al snel op de zenuwen begon te werken, was dat alles '*the best*' was, of een andere overtreffende trap. '*The best hot chocolate in town*', '*The biggest music club in Central Europe*', '*The best Belgian Chocolate of Prague*' (ik vermoed sterk zonder ironische intentie). En de gevierde concertzaal Obecní dům speelde een aantal keer per week '*The Best of Classics*'. Alsof de gehele traditie van de klassieke muziek te reduceren is tot een '*best of*'. Overal voelde het alsof men erop gericht was een slaatje te slaan uit de toestroom van toeristen.

De Heilige-Cyrillus-en-Heilige-Methodiuskerk lag buiten het commerciële centrum. Het was er rustiger en ook het geschreeuw van reclameborden verstilde hier wat. Aan de gevel hing een herdenkingsplaat, met daaronder nog tal van kogelgaten. Ik bezocht de crypte waar de gevluchte verzetshelden in een laatste daad van opoffering probeerden nog zo veel mogelijk SS'ers uit te schakelen, wetende dat hun situatie hopeloos was.

Het stemde me nederig.

De schaamte over mijn preoccupatie met een oplader groeide alleen maar. Maar ik moest er nog steeds een zien te vinden om jou te kunnen schrijven hoe nederig dit me allemaal stemde.

Ik zette mijn wandeling voort en bleef maar struikelen over de daklozen. Meestal zaten ze in een voorovergebogen, smekende houding, hun gezicht dicht bij de grond en hun handen om het bakje voor zich. Over de hele Karelsbrug, met haar imposante standbeelden, zaten deze mensen muisstil, met hun blik gericht op die paar straatklinkers voor zich. Onderweg naar de Praagse Burcht, het kasteel op de heuvel waar de president woont en werkt, liep ik door een rustig steegje. Een enkele dakloze zat daar, weer in diezelfde nederige houding. Zijn bakje was leeg en ik besloot er twee euro in te doen. Eventjes keek hij op om te bedanken, waarna hij weer zijn houding hernam.

Toen ik zo'n vijftig meter verder nog eens omkeek, zag ik dat hij de twee euro uit het bakje griste en snel in zijn zak stak om het bakje weer leeg te laten lijken. Ik voelde woedende gedachten opkomen. Ik was gewoon in zijn leugenachtige truc getrapt. Al die mensen met hun nederige houding, het was een grote façade.

Toen ik even later tot bedaren kwam, begreep ik dat dit zijn enige overlevingsstrategie was. Niemand brengt uit vrije wil zijn eindige levensdagen door met naar de straattegels staren, zijn knieën op de stenen grond, uitgeleverd aan de welwillendheid van vreemdelingen; ik wil me niet eens een voorstelling maken van zo'n leven. Nu denk ik: is hij niet het slachtoffer van een genadeloos kapitalistisch systeem, waarin niet iedereen de concurrentiestrijd kan winnen, en niet iedereen iets te bieden heeft wat de markt prijst? Wordt deze man, net als de groenteboer van Havel, niet door het systeem gedwongen tot een vernederende leugenachtigheid?

Meermaals moet ik hier in Praag terugdenken aan een bezoek aan New York, een stad die als geen ander het kapitalisme belichaamt. Het was een paar jaar terug, ik was uitgenodigd om op te treden voor Nederlandse expats aldaar. De eerste dag werd ik nog meegenomen in de euforie van de mogelijkheden die de stad ademt. Maar die werd de tweede dag om zeep geholpen door één enkel beeld. Op een metrohalte net buiten Manhattan stond een jongen, ongeveer mijn leeftijd, met een kartonnen bord om zijn nek. Hij miste beide onderarmen. Op het bord was te lezen dat hij die was verloren bij een ongeluk, en dat hij geld bij elkaar spaarde voor prothesen.

Dit beeld maakte voor mij in één keer de lelijke kant van dat land duidelijk. Gemeten in netto vermogen is Amerika na Zwitserland het rijkste land ter wereld. En toch moet iemand hier prothesen voor zijn onderarmen bij elkaar bedelen.

Ook daar ging me tegenstaan hoe alles geregeerd werd door geld. De dag van aankomst at ik in een hippe tent in de hippe buurt Williamsburg. Ik werd geserveerd door een *surfer dude* uit Nieuw-Zeeland. Hij knoopte een gesprek aan, vroeg waar ik vandaan kwam – ik stond versteld van zijn vriendelijkheid. Hij zou zelfs wat tips opschrijven voor dingen die ik tijdens mijn verblijf allemaal kon doen. Net voor het afrekenen gaf hij me zoals beloofd een handgeschreven lijstje met een stuk of vijf dingen, waaronder een plek waar je uitstekend 's nachts kon bowlen. Ik moet toegeven dat ik me iets anders had voorgesteld bij '*the city that never sleeps*', maar het was niettemin ontzettend aardig. Ik gaf hem een fooitje. De volgende dag lunchte ik op Manhattan. Na afloop gaf ik wederom een fooitje, zoals ik gewend was van rond de 10 procent. Dit keer kreeg ik een reprimande van de serveerster. Ze zei streng dat mijn fooi te weinig was. Een vreemde gewaarwording. Toen ik dit vertelde aan de vertegenwoordigster van The Netherland Club, legde ze uit dat veel personeel amper uurloon krijgt en afhankelijk is van de fooi. Daarom was eerder een fooi van rond de 25 procent normaal.

De tips die ik de avond ervoor van de surfer dude had gekregen, kwamen daardoor in een ander daglicht te staan. Terwijl ik dacht dat er een oprecht, belangeloos moment van menselijk contact was, waren zijn tips waarschijnlijk een manier om de fooi op te krikken. Ik voelde me bedrogen. (En persoonlijk beledigd. Want zie ik eruit als iemand die helemaal naar New York komt om te bowlen? In Nederland kan ik ook bowlen. Misschien niet 's nachts, maar dan slaap ik toch. Zodat ik de volgende dag weer fris ben om te bowlen.)

Een andere avond namen een aantal Nederlandse expats me mee naar een jazzclub. De muzikanten gingen regelmatig de zaal rond met een pet waar je geld in kon doen. Bovendien riep de zanger na elk nummer dat ze bereid waren om voor honderd dollar een verzoeknummer te spelen. Stel je voor dat in het Concertgebouw na elk afzonderlijk deel van de Negende Symfonie van Beethoven de eerste violist rondgaat met haar instrumentenkoffertje, en dat de dirigent roept dat je voor honderd euro een klassiekertje kan aanvragen.

Nu kan je denken: wat kan het voor kwaad? Dat zal ik je zeggen: muziek heeft een waarde die niet in geld is uit te drukken, die niet daartoe te reduceren is. De tekst heeft betekenis, en samen met de muziek kan die me emotioneel bewegen. Daarvoor is het nodig dat ik de zanger geloof, en dat ik geloof dat het muziek maken voor hem intrinsieke waarde heeft. Als ik er tussen elk nummer door aan word herinnerd dat het hem gaat om een financiële transactie, corrumpeert dat voor mij de beleving van de muziek.

Een ander voorbeeld: enige tijd terug las ik over een Amerikaans bedrijf waarbij je tegen betaling een uur lang met iemand kan knuffelen. Iemand zette dit op haar Facebookpagina met een tekst in de trant van: 'Wat mooi dat dit bestaat!' Ik vond het helemaal niet mooi dat dit bestaat. De knuffel, de omhelzing van twee mensen, illustreert volgens mij een interessant filosofisch punt. Een knuffel *geef je en krijg je tegelijkertijd*. Je kunt niet een knuffel geven zonder er een te krijgen, en andersom. Ook moeilijk voorstelbaar is een parasitaire knuffel: dat je probeert meer knuffel van de ander te krijgen dan dat je zelf geeft. Als je dat doet, is er gewoon minder knuffel voor allebei. De enige manier om meer knuffel te krijgen, is door meer knuffel te geven.

Dus zelfs in termen van genegenheid, of lichaamswarmte, of waar de knuffel dan ook uit bestaat, is de knuffel niet te reduceren tot een transactie.

Stel dat ik jou tien euro geef, en jij geeft mij tien euro terug. Dan had de transactie net zo goed niet plaats kunnen vinden. We kunnen de tien euro tegen elkaar wegstrepen. Maar als wij elkaar een knuffel geven, ik jou en jij mij, dan gaat dat niet op. Alleen omdat je zowél een knuffel geeft áls krijgt, is er een knuffel. Oftewel: een knuffel heeft een betekenis die boven een transactie uitstijgt.

Maar stel dat ik jou achteraf een factuurtje zou sturen voor die knuffel. Dan verandert met terugwerkende kracht de betekenis van die knuffel.

Of deze: stel je voor dat het net uit is met je geliefde. Je belt je beste vriend op voor emotionele steun, waarop hij zegt: 'Klote man. Wil je even hier komen, of zal ik naar jou toe komen? Ik moet er meteen bij zeggen: ik dat laatste geval moet ik wel voorrijkosten rekenen.'

Kortom: van sommige dingen raakt de waarde en betekenis uitgehold als we er een geldelijke transactie van maken. Niet van een brood of een appelflap, wel van dingen als een vriendelijk gesprek of een knuffel. En een soortgelijke uitholling ervaar ik hier in Praag. De stad voelt als een decor, als een relikwie waarop allerlei mensen nu parasiteren voor financieel gewin. Niemand lijkt echt geïnteresseerd te zijn in de betekenis van de geschiedenis of de cultuur van Praag, het interesseert hen enkel in zover ze er iets aan kunnen verdienen.

En wij toeristen werken net zo hard mee aan dit spel van vraag en aanbod. Op Trip Advisor staat een lijst met de beste toeristische attracties in Praag. De boulevard waar ooit de Fluwelen Revolutie plaatsvond, krijgt de hoogste beoordeling. En ik vermoed ook nog eens dat die waardering vooral te maken heeft met alle luxueuze kledingwinkels die daar te vinden zijn. De multinationals zijn over de geschiedenis heen gewalst, en cultureel erfgoed is verworden tot handelsartikel.

Eergisteren liet mijn technicus me in een kleedkamer in Zoetermeer op zijn telefoon een filmpje zien van vijf Noord-Koreaanse kinderen. Ze waren zo'n acht jaar oud en hadden een veel te grote gitaar in hun armen. Het was indrukwekkend zulke jonge kinderen een technisch veeleisend klassiek stuk te zien spelen. Ze knikten alle vijf op de eerste en derde tel van de maat, wiskundig gelijk, met een opgezette glimlach. Zoals je weet is Noord-Korea een van de weinige overgebleven communistische landen, en wel een van de meest weerzinwekkende. De middelen van dwang hebben zich tot in alle nerven van de samenleving uitgespreid. Het resultaat daarvan zag je indirect ook terug in dit filmpje. Het was virtuoos, maar alles eraan voelde compleet kunstmatig. De glimlach van de kinderen was nep, hoewel ze bij zichzelf misschien niet eens meer een echte van een geveinsde kunnen onderscheiden. En zelfs hun virtuositeit voelde mechanisch aan, er zat geen enkel gevoel bij. Het was duidelijk wat er ontbrak: *bezieling*.

Door deze afgelopen dag in Praag ben ik me echter gaan realiseren dat niet alleen een communistisch systeem het vermogen heeft om de ziel te ontnemen; een ontaard kapitalisme heeft dat net zozeer. In het eerste geval is er dwang van een totalitaire overheid, in het tweede geval dwang van geld, van alomtegenwoordige financiële prikkels. En net als het communisme brengt het kapitalisme zijn eigen geraffineerde façade voort. De hypocriete communistische slogans in vitrines zijn simpelweg vervangen door reclameborden met valse beloftes; door collectieve leugens zoals het geloof dat iedereen krijgt wat hij verdient als hij maar hard genoeg werkt; de leugen dat de markt simpelweg een weerspiegeling is van wat mensen willen, terwijl marketeers precies weten hoe ze onze neuronen en synapsen tegen ons kunnen gebruiken om nieuwe begeertes te kweken.

En hoewel onze samenleving nog niet in dezelfde mate totalitair is als die waar Havel tegen streed, koloniseert het kapitalisme steeds meer van onze samenleving. Welke domeinen van de samenleving zijn nog vrijgesteld van de financiële dwang, van economische belangen en winstberekeningen? We hebben universiteiten die steeds meer lijken op fabrieken, aangezien ze overheidsgeld ontvangen voor elke student die de eindstreep haalt en universiteiten dus feitelijk een financiële prikkel hebben om het onderwijsniveau naar beneden te schroeven, en bovendien een onderwijssysteem dat de natuurlijke nieuwsgierigheid van studenten ondermijnt door langer studeren te beboeten, waardoor hun interesse zich logischerwijs beperkt tot datgene wat nodig is om een tentamen te halen. We hebben een zorgstelsel waarin patiënten steeds meer verworden tot klanten, en waarbij het woord zorg is vervangen door 'zorgproduct', wat betekent dat verzekeraars zorgverleners aanmoedigen alleen het broodnodige te doen in de voorgeschreven tijdseenheid; zorg die bovendien afhankelijk is van farmaceuten die de prijs van levensreddende medicijnen kunstmatig hoog houden om hun winst te maximaliseren. Je zou er bijna SP'er van worden. En ik kan nog wel even doorgaan. Een politiek die steeds verder lijkt te zwichten voor de steeds machtiger bedrijfslobby's; media die de essentiële taak om het electoraat te informeren, hebben ingeruild voor *nieuwsconsumptie*, wat betekent dat kijkers en lezers worden gelokt en vermaakt met schokkende incidenten, smeuïge misdaadzaken, ophefveroorzakende uitspraken.

Zelfs de NOS doet hier tegenwoordig vrolijk aan mee. Laatst nog zag ik bij het journaal een filmpje van een pauw die in een Amerikaanse slijterij chaos veroorzaakte. Dat was het. Het journaal begint steeds meer te lijken op *America's Funniest Home Videos*. Het enige wat nog ontbreekt is het grappig bedoelde commentaar, bijvoorbeeld dat Dionne Stax iets zegt als: 'Die pauw voelt zich waarschijnlijk geïntimideerd door de Famous Grouse', gevolgd door een lachband.

En wat doet het met ons dat we onophoudelijk worden aangesproken als consument, op de verlangens die het makkelijkst zijn uit te buiten, in plaats van ons aan te spreken op onze hogere aspiraties? Wat doet dat met hoe we onszelf zien en waar we in geloven?

Ik ben geneigd te gaan geloven – om Havels term te gebruiken – dat de alomtegenwoordige commercie zich ook goed laat omschrijven als een seculiere religie. Ook de commercie pretendeert de antwoorden te hebben op alle vragen, op hoe we moeten leven, hoe we gelukkig worden, hoe we ons de juiste identiteit aanmeten. Zo bezien zwichten wij misschien ook langzaam voor de totalitaire verleiding.

Als er iets van waar is, dat voor ons commercieel-kapitalistische systeem een soortgelijke diagnose opgaat als voor het communisme van Havel, dan geloof ik dat zijn oproep om in waarheid te leven hier ook van kracht is; dat wij als burgers een domein moeten verdedigen dat vrij is van externe dwang, in ons geval vrij van financiële prikkels. Een domein waar nog ruimte is voor oprechte nieuwsgierigheid, voor daden van belangeloze onbaatzuchtigheid, voor zorg voor de ander die niet uitgeteld is in voorgeschreven handelingen en minuten. Kunst hoort ook in die ruimte, net als een moment van menselijk contact dat niet wordt vertroebeld door de verwachting van een fooi. Of, zoals iemand in de Jordaan al jaren doet: geen reclameslogan, of een hypocriete slogan van een ideologie voor zijn raam plakken, maar gewoon, zonder enig belang, een gedicht. Elke maand hangt er een ander. De laatste keer dat ik er liep was het 'In de schemer' van Jules Deelder. Het is een mooi gedicht, je kunt het op internet vinden als je het wilt lezen.

En anders simpelweg een knuffel. Ik wilde bijna zeggen 'een gratis knuffel', maar dat zou vanzelfsprekend moeten zijn. De volgende keer dat ik je zie, zal ik je er een geven.

Ik moet zeggen, dit is niet helemaal wat ik in gedachten had toen ik op zoek ging naar mijn idealistische vuur, en ik geef toe dat het ook niet in de buurt komt van een risicovolle aanslag op een nazikopstuk of een gevangenisstraf uitzitten voor het spreken van de waarheid. Maar wie weet is het een begin, de weg naar het heldendom is vermoedelijk een lange. En anders kan ik altijd nog proberen om heel snel honderd meter te rennen.

Alle goeds,
Tim

7.

Brief uit Amsterdam, waarin Tim meent klaar te zijn voor spirituele verlichting

AMSTERDAM, 2 *december* 2016

Beste Koos,

Hopelijk gaat alles goed met je. Het is bijna een jaar geleden dat ik je voor het laatst schreef. Hier gaat alles min of meer z'n gangetje. Ik heb getourd en een filosofievak gegeven aan de Universiteit van Amsterdam. Noortje en ik zijn nog bij elkaar. Verder weinig nieuws onder de zon, behalve dat ik de reden heb ontdekt waarom Cracottes zo lekker zijn: er zit een flinke dosis suiker in. Dit leidde kortstondig tot een crisis. Want waar kun je nog op vertrouwen als zelfs je favoriete crackers een grote façade blijken te zijn?

Inmiddels ben ik overgestapt op Melbatoast en de crisis weer te boven.

De traditie is dat ik je een brief schrijf als ik een reis maak, vanuit een onbekende plek, een vreemde omgeving. Ook nu is dat het geval, met als enige verschil dat ik niet op reis ben. Ik ben verhuisd. Mijn nieuwe (huur)appartement bevindt zich op het Stadionplein. Vroeger was dat een troosteloos plein. Het enige wat troost bood, was het majestueuze Febo-filiaal, dat op het midden van het plein prijkte.

Voorheen woonde ik in de Jordaan, in een zolderkamer van 22 vierkante meter, waar ik met twee studenten een smerige keuken deelde en waar ik niet rechtop kon staan. Toegegeven: mijn vloer liep behoorlijk schuin af, wat als voordeel had dat ik aan één kant van mijn kamer wél bijna helemaal rechtop kon staan. Het nadeel was dat de schuine vloer, in combinatie met mijn bureaustoel met wieltjes, maakte dat ik moeilijk aan werken toekwam.

Wat ik het meest zal missen, is het horen tikken van de regen op het dak. Mijn vroegste herinnering is dat ik in de buggy zat, de regen op het plastic zeil tikte en ik zelf droog en beschermd bleef. Meer dan een beeld herinner ik me het gevoel: een ultiem soort knusheid. Nooit had ik zo'n consistente, proustiaanse toegang tot die herinnering als in mijn oude zolderkamer, waar ik me bij zware regenval kon wentelen in dat innig knusse gevoel. Dat ga ik missen.

Maar wat ik heb ingeleverd aan knusheid, heb ik ruimschoots teruggekregen in luxe en comfort. Ik woon nu in een sjiek appartementencomplex, met zonnepanelen, vloerverwarming, een warmteterugwinsysteem, een afwasmachine – werkelijk alles is modern en luxe. En ruim, zo'n 90 vierkante meter.

Mijn oude zolderkamer sloot naadloos aan op mijn calvinistische zelfbeeld. Zoals de calvinist nederig blijft tegenover God, zo ging ik licht voorovergebogen door mijn huis. Niet vanwege God in de hemel, maar vanwege de hoogte van mijn plafond, maar toch. Ik kocht weinig spullen, simpelweg omdat ik ze niet kwijt kon. De inrichting bestond uit een bed, een leesstoel, een bureau en een piano. Voor iets als een tv, een bankstel of een eettafel was geen ruimte. Als er gasten kwamen, aten we of op het bed, of met z'n tweeën achter het bureau. Maar nu ik mijn luxe appartement heb betreden, vindt er een soort conflict plaats met mijn sobere zelfbeeld. En mijn vroegere afkeer van decadentie kan ik steeds moeilijker volhouden.

Neem de sportschool waar ik me heb ingeschreven. Bij mijn vorige sportschool betaalde ik nog geen 20 euro per maand; bij mijn nieuwe sportschool is dat 70 euro. Je komt de poortjes bij de ingang alleen binnen met een pasje én je handafdruk. Salesmanager Myron leidde me rond: er was een kinderopvang, een beautysalon, een kapper, en last but not least: een mondhygiënist. Ik kon een lach niet onderdrukken en vroeg waarom er bij de sportschool een mondhygiënist zat. Myron legde uit: 'Ga maar na, als je bijvoorbeeld een ontsteking hebt in je tandvlees, gaat dat natuurlijk gewoon in je bloed zitten. Dat kan weer leiden tot sportblessures.' Ik begreep de redenering niet helemaal, maar het gaf me toch hoop. Al enige tijd loop ik rond met een moeilijk te behandelen schouderblessure. Misschien toch eens tijd om langs te gaan bij de mondhygiënist.

In mijn voorstelling vertel ik over de filosoof Francis Fukuyama en het concept van 'de laatste mens', een concept dat hij overneemt uit Nietzsches *Zo sprak Zarathoestra*. Om de these van Fukuyama kort samen te vatten: met de val van de Berlijnse Muur is het einde van grote politieke ideologieën bereikt; de moderne mens strijdt sindsdien niet meer voor een groots ideaal. De post-ideologische mens – 'de laatste mens' – richt zich daarom nog vooral op zijn eigen belang. Zijn eigen veiligheid, zijn eigen comfort, zijn eigen benepen geluk, voornamelijk in de vorm van materiële welvaart.

Sinds ik in mijn luxe woning ben neergestreken en mateloos geniet van mijn nieuw gewonnen comfort, vraag ik me regelmatig af of ik zelf niet meer en meer op de laatste mens begin te lijken.

Sterk bewijs hiervoor vond ik op 9 november: de dag dat mijn nieuwe hoekbank werd geleverd. Ruim drie jaar lang had ik in een huis geleefd zonder bank. In die tijd liet ik mijn fantasieën over dit fenomenale meubelstuk de vrije loop: om overdag als onderbreking van een creatief proces even op te kunnen liggen mijmeren; om onderuitgezakt een goede film op te kijken; na een optreden thuiskomen en op de bank de herhaling van *Pauw* te kijken met een bord toastjes met eiersalade. (Niet om op te eten, maar om naar de tv te gooien als ik het niet eens ben met een van de gasten. Zo kijk ik het liefst tv.) Dus als er iets was waar ik me op had verheugd bij de verhuizing, was het het vooruitzicht van een bank. Een hoekbank welteverstaan, want nu ik de ruimte had voor een bank, ging ik niet voor halve maatregelen. En er is iets met banken die ineens 90 graden afslaan, waar ik bijzonder enthousiast van word.

Noortje, opgegroeid in een West-Fries dorpje in de buurt van Hoorn, had me een paar weken voor de verhuizing, na lang aandringen, meegenomen naar de Westfriese Beurs. Ik had grote scepsis of ik daar de bank van mijn dromen zou vinden, en bovendien had ik al een mooie bank gezien bij de ArenA Boulevard. Maar om mijn vriendin het gevoel te geven dat ik haar advies serieus nam, ging ik met haar mee. En mijn eerste indruk leek mijn scepsis te bevestigen. De Westfriese Beurs bleek een grote sfeerloze hal volgestouwd met meubels, deels tweedehands, deels outlet.

En daar ineens, tussen alle aftandse troep, zag ik de hoekbank van mijn dromen. Ze was groot, comfortabel, nieuw, betaalbaar en niet eens lelijk, zo bevestigde ook mijn vriendin. (Zelf heb ik een weinig ontwikkeld esthetisch gevoel.) En dus, een paar weken later, op 9 november, was het eindelijk zover. Rond een uur of vier kwamen de bezorgers. Mijn vader en Younes, een goede vriend van me, stonden klaar om me te helpen de bank naar de derde verdieping te dragen. De bank bestond namelijk uit twee delen, en één daarvan paste niet in de lift.

Wat volgde was een zenuwslopend obstakelparcours om de bank in mijn woonkamer te krijgen. Eerst leek de bank de draai niet te kunnen maken bij de trap, en vervolgens niet de draai van mijn smalle hal naar de woonkamer, terwijl paniekerige gedachten door m'n hoofd schoten: wat als het niet lukt? Deze bank gaat me toch niet ontnomen worden?

Maar toen de hoekbank uiteindelijk haar plek had gevonden in de woonkamer, voelde ik in elke vezel dat het klopte. Misschien kwam het ook door de opluchting van de overwonnen obstakels, maar op dat moment was ik volmaakt gelukkig.

En toch is er iets aan dit moment wat me in het bijzonder doet vrezen dat ik 'de laatste mens' aan het worden ben. Want die 9 november was namelijk niet alleen de dag dat mijn hoekbank geleverd werd. Het was ook de dag waarop bekend was geworden dat Donald Trump was verkozen tot president van de Verenigde Staten.

Er bestaat een goede kans dat de geschiedenis die dag een andere weg is ingeslagen. Een tijd van conservatief-nationalisme, waarin de blik naar binnen gekeerd raakt, net op een moment dat de grootste uitdagingen juist alle landsgrenzen overschrijden. Zo is het vooruitzicht, om maar iets te noemen, dat Trump zich zal terugtrekken uit het klimaatakkoord potentieel desastreus. Maar terwijl ik mezelf uitstrekte op de zachte kussens van mijn nieuwe bank, leek zoiets als klimaatverandering ineens heel ver weg en abstract. Veel mensen in mijn omgeving waren boos en verdrietig over de verkiezingsuitslag, maar ik snapte eigenlijk niet zo goed waar ze zich druk om maakten. Sterker nog, sinds Trump aan de macht was gekomen, was mijn leven er behoorlijk op vooruitgegaan.

Helaas kwam er al snel een moment waarop mijn burgerlijke idylle werd verstoord. Het was het eerste weekend nadat ik verhuisd was, alle dozen waren uitgepakt en de meeste praktische klussen waren geklaard. Het was tijd om te ontspannen. Mijn vriendin en ik hadden nacho's gemaakt, met guacamole, vegetarisch gehakt, tomatensaus, jalapeño's. (Dat is de invloed van mijn vriendin. Zelf zou ik nacho's nooit zo uitgebreid maken. Ik zou er hoogstens kant-en-klare guacamole aan toevoegen. En meer waarschijnlijk zou ik, met evenveel tevredenheid, gewoon een zak tortillachips leegeten.) Met een comedyserie lagen we onderuitgezakt op de bank, onze Nacho's Deluxe op te peuzelen.

En toen klonk een doffe knal uit de oven, meteen gevolgd door een aardedonkere woonkamer. Stroomuitval.

Mijn vriendin liep meteen naar de meterkast, wat enigszins mijn mannelijke trots aantastte. Al moet ik toegeven dat zij er meer verstand van heeft dan ik. En dat mijn mannelijke trots nog meer was aangetast als ik naar de meterkast zou lopen, niet wetend wat ik zou moeten doen, en zou moeten vragen: 'Noortje, zou jij misschien even willen komen kijken?' Nu kon ik er tenminste nog naast staan en quasiverveeld knikken alsof ik dat allemaal ook wel wist.

Noortje duwde de aardlekschakelaar omhoog. Even sprongen de lichten aan, en daarna volgde meteen weer een doffe knal uit de oven. Deze knal bleek fataal. De rest van de elektriciteit deed het even later weer, maar de oven had er definitief de brui aan gegeven.

Hoewel ik rationeel kon bedenken dat er vast wel een oplossing zou komen voor mijn kapotte oven, was er iets fundamenteels veranderd. De plek waar ik me kon verschansen voor alles wat er misging in de wereld, of dreigde te mis te gaan, en de plek waar ik me daar in alle comfort niks van kon aantrekken, ook daar was nu het onheil binnengehaald.

Op mijn eigen benepen, kleinburgerlijke wijze was ik gevallen voor een utopie, de belofte van het volmaakte. Maar die illusie was nu doorbroken. De oven was de eerste barst, maar niet de enige. Zo dadelijk ga ik naar de opticien om mijn nieuwe brillenglazen op te halen. Mijn ogen zijn in een halfjaar tijd met 0.75 achteruitgegaan. (Dat is een behoorlijk rappe achteruitgang. Maar misschien vindt de mondhygiënist hier ook nog de oorzaak van.) Mijn luxe woning kan me ook voor mijn eigen vergankelijkheid niet beschermen. En eindelijk heb ik nu een eigen bureau, maar van de bureaustoel die ik heb gekocht, krijg ik een verkrampte bovenrug. Dit is al de zoveelste bureaustoel die ik ongeschikt heb bevonden. Vanwege mijn bolle bovenrug – of 'bochel', zoals mijn vriendin het liefkozend noemt – is het haast onmogelijk om een geschikte stoel te vinden. En zo komt er ook in mijn nieuwe huis geen einde aan alle kleine ongemakken en de vergankelijkheid.

Het is hierom dat ik de afgelopen tijd veel heb gedacht aan het verhaal van Siddhartha Gautama, de man die later de Boeddha werd. Ik weet niet wat je van hem weet, maar voordat hij de kekke bijnaam Boeddha kreeg (letterlijk: 'hij die ontwaakt is') werd hij als prins Siddhartha Gautama geboren in wat nu Nepal is. Bij zijn geboorte kregen zijn ouders de voorspelling te horen dat hun zoon óf een groot heerser zou worden óf spiritueel verlicht zou raken. Omdat zijn vader sterk de voorkeur had voor het eerste – waarschijnlijk vermoedde hij dat er in het tweede geen droog brood te verdienen viel – hield hij zijn zoon bij alles weg wat hem ongemak zou kunnen opleveren. Zo groeide Siddhartha op in materiële overvloed. Hij had meerdere paleizen, bedienden, een mooie vrouw.

Maar dan op een dag, zo gaat het verhaal, reist de prins op een soort draagkoets door de stad. Als hij uit het raam kijkt, ziet hij een zieke, een bejaarde en een lijk. Hij beseft dat luxe hem niet zal beschermen tegen ziekte, ouderdom en de dood. Zo komt hij tot de slotsom dat materiële welvaart hem niet van het menselijk lijden kan verlossen. Hij besluit zijn prinselijke bestaan achter zich te laten op zoek naar verlichting.

(Er is een smakelijke anekdote over zijn vertrek. Op het moment dat hij zijn voorbereidingen trof, kreeg hij het nieuws dat zijn vrouw een kind had gebaard. Boeddha schijnt te hebben verzucht: 'Ah, een keten is opgestaan.' Zijn kind kreeg zo de naam Rahula, wat zoiets betekent als 'keten' of 'ballast'.

Overigens liet hij zich door Ballast niet tegenhouden, want hij vertrok alsnog. Maar voor een kind moet dat psychologisch nogal ingrijpend zijn, als je van je ouders de naam Ballast krijgt. Al zijn er nog meer ingrijpende namen denkbaar, zoals Alimentatieparasiet of De Reden Dat Papa Niet Meer Kan Uitslapen.)

Siddhartha is negenentwintig, dezelfde leeftijd als ik nu heb, als hij zijn luxe achterlaat en aan zijn spirituele queeste begint. Hij probeert van alles, legt zichzelf allerlei ascetische ontberingen op, van extreme vormen van vasten tot zelfpijniging. Zonder succes. Uiteindelijk besluit hij onder een bodhiboom te gaan zitten mediteren en er niet meer onder vandaan te komen totdat hij verlicht is. Daar krijgt hij het inzicht dat we ons lijden en onze ontevredenheid alleen kunnen opheffen door ons los te maken van onze begeertes. Want zolang we begeren, ervaren we een gebrek, en zolang we een gebrek ervaren, is er ontevredenheid.

Ik vind het bij nader inzien een logische gedachte dat uitgerekend een prins het pad van de verlichting kiest. Armoede, of wat voor gevoeld materieel gebrek dan ook, maakt ons vatbaar voor de fantasie dat we volledig tevreden zullen zijn als onze materiële gebreken zijn opgelost. Zelfs als we met ons hoofd kunnen bedenken 'dat geld niet gelukkig maakt', dan nog kan rijkdom een aantrekkingskracht op ons uitoefenen. En als niet de rijkdom zelf, dan wel het idee meer te hebben dan iemand anders, oftewel de status die rijkdom met zich meebrengt. We kunnen stiekem denken, al is het maar half bewust: Als ik dit of dat zou hebben, dan zal mijn lijden ophouden. Maar voor iemand met drie paleizen is dat niet langer een geloofwaardige gedachte. Sterker nog, hij hoeft niet te *bedenken* dat welvaart hem niet van zijn lijden zal verlossen, hij heeft het voordeel van de *directe ervaring*. Een gedachte kan weerlegd worden, maar een ervaring is dwingend, daar kunnen we moeilijk omheen.

De Boeddha beschrijft het inzicht simpel en helder: 'Als je alles krijgt wat je verlangt, dan kom je erachter dat alles niet alles is.'

Hoewel we dergelijke spiritualiteit vooral met het Oosten associëren, komt eenzelfde soort wijsheid ook tot ons via de westerse traditie. Want een vergelijkbaar inzicht als van de Boeddha wordt bezongen in het nummer 'Een eigen huis' van René Froger. 'Een eigen huis, een plek onder de zon / en altijd iemand in de buurt die van me houden kon / toch wou ik dat ik net iets vaker / iets vaker simpelweg gelukkig was. / Oohoho.'

Ook René Froger heeft alles wat een mens maar kan wensen, en toch lukt het hem niet om simpelweg gelukkig te zijn.

Het verschil tussen deze twee is natuurlijk dat Siddhartha Gautama na dat inzicht een spiritueel pad heeft gevolgd dat hem in een staat van verlichting heeft gebracht, en René Froger miljoenen is gaan verdienen door in de Amsterdam ArenA met Gerard Joling en

Jeroen van der Boom in een glitterpak middelmatige covers te zingen. Wat dat betreft is er toch enig verschil tussen de oosterse en westerse traditie. Al kan het verschil ook komen doordat Siddhartha van zichzelf wist dat hij het als zanger gewoon niet ging redden. Als onovertroffen heerser – misschien, maar als zanger zat het er niet in, daar was de voorspelling glashelder in.

Zo'n moment van alles hebben wat je verlangde en toch niet tevreden zijn, heb ik al eens vaker meegemaakt. Iets soortgelijks gebeurde toen ik het Leids Cabaret Festival won en, zoals ik je eerder schreef, na de première van mijn voorstelling. In beide gevallen geloofde ik van tevoren dat er iets wezenlijks zou veranderen als ik het er goed van af zou brengen. Van tevoren kon ik het belang van mijn première wel proberen te relativeren, maar dat werkte maar tot op bepaalde hoogte. Ergens diep vanbinnen was ik ervan overtuigd dat falen of slagen een wezenlijk verschil zou maken. Ik bracht het er goed van af, ik kreeg erkenning en volle zalen, waarvoor ik dankbaar ben, maar een grote verlossing bracht het niet. Twee maanden terug won ik nota bene nog de Neerlands Hoop, de prijs voor de cabaretier met het grootste toekomstperspectief. Maar de blijdschap hierover hield ongeveer een dag aan, totdat ik de volgende dag in de supermarkt iets wilde halen om het te vieren en iemand net het laatste pak frambozenkwark met stukjes cheesecake voor mijn neus wegkaapte. Sommige mensen gunnen je het succes gewoon niet.

Wel kan ik dankzij mijn voorspoedige cabaretcarrière nu in een klein paleis wonen. Het is misschien niet zo'n groot paleis als dat van de Boeddha, maar daartegenover staat dat de Boeddha geen vloerverwarming had of een afwasmachine. Ook denk ik niet dat de Boeddha een Full-HD-televisie had met blu-rayspeler waarop hij de 'restored edition' van *The Sound of Music* kan kijken. En dat is waarom ik de laatste tijd veel aan het verhaal van Siddhartha Gautama denk. Qua materiële welvaart doet mijn situatie niet langer onder voor die van de oosterse prins. Niet langer is het voor mij een geloofwaardige gedachte dat ik geluk zal vinden door het najagen van mijn egocentrische, onverzadigbare verlangens. Dus misschien dat ik nu eindelijk klaar ben om mijn zoektocht naar verlichting werkelijk te beginnen, de zoektocht naar een geluk dat voortkomt uit een diep soort spirituele wijsheid. De Boeddha zal mijn gids zijn.

Het enige wat nog ontbreekt, is een kind dat ik kan verwaarlozen, maar dat zal ik binnenkort met mijn vriendin overleggen.

Hou je goed,
Tim

8.

Brief uit Wenen, waarin Tim (op dat typisch betweterige toontje van hem) uitlegt waarom onze gebreken ons hoop bieden

WENEN, *9 maart 2017*

Beste Koos,

Dit keer een brief vanuit Wenen. Ik ben hier met een man van zesenzestig, Henk, die ik ook wel aanduid als 'mijn vader'. Ik schrijf je vanuit een van de chique *Kaffeehäuser* waar de stad om bekendstaat. Chic is zeer contextafhankelijk, heb ik ontdekt. Zo staat hier onder andere soep met reepjes pannenkoek op de menukaart, iets wat alleen de chicste aristocratische koffiehuizen serveren. Terwijl onze associatie met pannenkoeken het tegendeel is van chic. En dat verandert niet ineens als je de pannenkoek in reepjes snijdt en in een soep verwerkt.

In het toeristenboekje stond overigens ook dat ze in Wenen een goed gevoel voor humor hebben. Daar heb ik tot nu toe weinig van gemerkt. In elk geval lijken ze het niet te waarderen als je bij het weggaan roept: 'Auf Wienerschnitzel!' De reacties lopen uiteen van onbegrip tot ongemaskeerde irritatie. Terwijl ik had gedacht dat als dat grapje érgens op een gulle lach zou kunnen rekenen, het hier in Wenen zou zijn.

Volgende maand beginnen de eerste try-outs voor een nieuwe voorstelling, met wederom een lekker pretentieuze titel: *Het kromme hout der mensheid*. Wat betreft de thematiek heb ik al een helder idee, namelijk de menselijke natuur. Want hoewel we het moeten stellen zonder een absoluut moreel anker, geloof ik dat de menselijke natuur ons enig houvast kan bieden, zij het via een omweg (waarover later meer.) De hoofdrollen zijn dit keer weggelegd voor Immanuel Kant, Napoleon Bonaparte en Ludwig van Beethoven. Deze laatste is ook de voornaamste reden dat ik hier in Wenen ben.

Mijn vader heb ik uitgenodigd om met me mee te gaan. Dat leek me gezellig en bovendien is Beethoven zijn favoriete componist. We hebben twee aparte hotelkamers, naast elkaar. (Voor het geval dat ik nog een vrouw weet te versieren. Of hij. *What happens in Wenen, stays in Wenen.*)

Net voor onze reis is mijn vader door zijn rug gegaan, waardoor hij zijn veters niet goed kan strikken. Als we op stap gaan, klopt hij op mijn deur, zijn schoenen al aan, de veters nog los, en dan strik ik ze voor de man die ooit honderden keren mijn veters heeft gestrikt. Steeds meer sta ik erbij stil dat mijn ouders er niet voor altijd zullen zijn. Interessant hoe ik er, net als veel kinderen vermoed ik, vroeger helemaal niet bij stilstond dat mijn ouders kwetsbare, sterfelijke mensen waren. Mijn ouders waren een soort goden voor mij, met het vermogen om leven te creëren, met het antwoord op alle vragen, een onwrikbaar houvast, en ze gaven me ijsjes als ik erom smeekte (niet altijd, maar God verhoort ook niet alle gebeden). Het duurde lang voordat het tot me doordrong dat zij ook mensen zijn met onzekerheden, verdriet, gevoelens van eenzaamheid. Als ik van school kwam, dan vroegen mijn ouders altijd hoe het was geweest. Maar ik vroeg nooit hoe hun dag was geweest. Waarom niet eigenlijk? 'Ja, ik had een prima dagje. Martijn was jarig dus die deelde chips uit, en we hebben gewerkt aan woorden met "oe" en "uu". En jij, ma? Nog een beetje werk kunnen maken van die beleidsrapporten voor de Raad van Toezicht die je over het weekend had getild?'

Het is een interessante tijd om een nieuwe voorstelling te maken. Er wordt regelmatig gesproken over 'een nieuwe wereldorde', althans, in de kringen waar ik me begeef. Ik kan me voorstellen dat er ook kringen zijn waarin meer wordt gesproken over het filmpje van Patricia Paay die in haar mond wordt gepiest. Al moet ik zeggen dat ik sommige van mijn vrienden ervan verdenk dat als ze het hebben over 'een nieuwe wereldorde', ze het eigenlijk hebben over het filmpje van Patricia Paay die in haar mond wordt gepiest.

Toch, als ik schrijf 'een interessante tijd', dan klinkt dat afstandelijker dat ik het ervaar. Oplopende internationale dreigingen, Brexit en Trump als president van de VS dragen bij aan een gevoel dat meer mensen zullen hebben: een gevoel dat we deel uitmaken van een cruciaal tijdsgewricht. En dat het weleens verkeerd zou kunnen gaan aflopen.

Hoewel we de afloop niet kunnen voorspellen, heb ik wel een sterk idee over wat er op het spel staat – wat we kunnen verliezen. Het verhaal dat ik wil vertellen in mijn nieuwe voorstelling, speelt zich af aan het einde van de achttiende eeuw, begin negentiende eeuw. Het is het verhaal van de Verlichting, die haar politieke uitbarsting vindt in de Franse Revolutie met de populaire hashtags '#vrijheid #gelijkheid #broederschap #breaking'.

De Verlichtingsperiode heb ik altijd fascinerend gevonden. (Of tenminste, 'altijd' – sinds ik een duidelijk besef had van de westerse ideeëngeschiedenis. Dus vanaf mijn vierde of zo.) Van geen andere periode kun je zeggen dat de invloed van de filosofie zo immens is geweest, zowel op de politiek als op de rest van de maatschappij. Grofweg zou je kunnen zeggen dat de autoriteit verschoof van tradities en religieuze dogma's naar het verstand en de wetenschappelijke methode. Uit de explosie van ideeën die deze verschuiving voortbracht, is er één centraal idee dat ik van bijzonder groot belang acht; een idee dat aan de basis ligt van mensenrechten, onze moderne democratie en de rechtsstaat met al zijn waarborgen tegen tirannie en onderdrukking: het idee van de mens als mens. Oftewel: het idee dat alle mensen iets met elkaar delen wat ze gelijkwaardig maakt.

De voorvechters van de Verlichting zagen zelf vaak nog niet eens hoe radicaal de implicaties van dit idee waren. Zo was Napoleon, ondanks zijn trouw aan de Verlichting, een fervent seksist. In het nieuwe wetsysteem dat hij liet ontwerpen – de Code Civil – was iedereen voor de wet gelijk. Met uitzondering van vrouwen. Bij echtscheidingen bijvoorbeeld hadden vrouwen minder rechten dan mannen. Toen twee vrouwen hierover in 1816 hun beklag deden bij Napoleon, liet hij weinig ruimte voor onduidelijkheid:

Nu eist u dat we u zouden erkennen als gelijke van de man? Maar wat een dwaasheid toch! De vrouw is ons eigendom, en niet omgekeerd, want de vrouw schenkt ons kinderen, en niet omgekeerd. Ze is dus zijn eigendom zoals de fruitboom toebehoort aan de fruitboer. [...] Elkeen heeft zijn eigendom en zijn verplichtingen. Uw eigendom, dames, is uw schoonheid, uw gratie, uw verleidingskunst; uw verplichtingen, dat zijn de onderwerping en de afhankelijkheid.

Superseksistisch dus. Alsof mannen geen schoonheid en gratie kunnen bezitten.

De Eerste en Tweede Wereldoorlog toonden tot welke rampspoed de schending van dit idee kon leiden. Tijdelijk kreeg het idee dat een mens van dit of dat land superieur was (nationalisme) de overhand, of van dit of dat ras (zigeuner- en jodenvervolging). Maar na deze morele catastrofe leken we onze les te hebben geleerd.

Door schade en schande leek de noodzaak van het Verlichtingsideaal, het ideaal van een gedeelde menselijkheid, ons eindelijk duidelijk te worden. In 1945 werden de Verenigde Naties opgericht, een idee dat voor het eerst werd geopperd door niemand minder dan Immanuel Kant (hij noemde het nog een 'Volkerenbond'). En drie jaar later, in 1948, tekenden vrijwel alle landen de Universele Verklaring van de Rechten van de Mens. Dit document werd weer gebaseerd op Napoleons Code Civil (met wat vrouwvriendelijke aanpassingen; ze hadden niet langer de status van een fruitboom). Europa verenigde zich na eeuwen van bloedige oorlogvoering in een gezamenlijke unie en kreeg zelfs een gezamenlijk volkslied: het slot van de magistrale Negende Symfonie van Beethoven, waarin het koor de humaniserende woorden zingt: '*Alle Menschen werden Brüder*'. In zekere zin zou je dus kunnen zeggen dat de Verlichtingsidealen postuum alsnog werkelijkheid werden.

Daarom stemt het me droevig als ik zie dat nu opnieuw allerlei breuklijnen scherper worden uitgetekend tussen mensen: etnische, religieuze, nationalistische. Waar er ooit een periode was waarin al deze kunstmatige barrières tussen groepen mensen werden opgeheven, worden ze nu weer meer en meer opgeworpen. Dat leek me reden om het in mijn voorstelling op te nemen voor de verdiensten van de Verlichting.

(Ik hoor mijn impresariaat al zeggen: 'Oké Tim, heel mooi. Maar heb je voor in de theaterboekjes misschien een iets luchtiger tekstje? Misschien iets zonder jodenvervolging?')

Toch blijft een terechte vraag: waaruit bestaat dan die gedeelde menselijkheid? Op deze vraag missen we een overtuigend antwoord. Kants idee dat mensen rationele wezens zijn, en daarom allen eenzelfde waardigheid bezitten, is weinig overtuigend. Als ik iets heb geleerd tijdens mijn studie psychologie, dan is het dat ons zelfbeeld van verheven, rationele wezens weinig meer is dan een zelfstrelend waanidee. Wat was er rationeel aan de Eerste en Tweede Wereldoorlog? Wat is er rationeel aan het feit dat we genoeg kernwapens hebben om honderd keer al het leven op aarde te vernietigen, en dat we nog steeds 1 triljoen dollar per jaar uitgeven aan nieuwe kernwapens? Wat is er rationeel aan het succes van Kim Kardashian? (Als je erg gesteld bent op Kim Kardashian, Koos, ben ik bereid om na te denken over een ander voorbeeld.)

En even belangrijk: is een eigenschap als rationaliteit niet hoe dan ook te abstract om gevoelens van broederschap op te wekken? Een rekenmachine gaat ook behoorlijk rationeel te werk, maar die beschouw ik toch niet direct als mijn broeder. Dan voel ik nog meer genegenheid voor een Tamagotchi, terwijl die louter gedreven lijkt door banale behoeftes. (Goed dat ik eraan denk, ik moet Rudie nog voeren.)

De mens heeft zichzelf door de geschiedenis altijd gedefinieerd op basis van een of andere verheven eigenschap: 'Wij zijn het enige wezen met rationaliteit', of 'het enige wezen met zelfbewustzijn', 'het enige wezen met een complex taalvermogen', 'de mens als kroon op Gods schepping' et cetera. Al die dingen zijn net zozeer een definitie als wel een verklaring van superioriteit.

Zelf raak ik er steeds meer van overtuigd dat we als mens minstens zozeer worden bepaald door onze *gebreken* als door onze vermogens. En vaak zijn gebreken en vermogens zo met elkaar verweven dat ze nog moeilijk van elkaar te onderscheiden zijn. Neem bijvoorbeeld zelfbewustzijn, onmiskenbaar een van de grootste wonderen die de natuur heeft voortgebracht. Maar de keerzijde van dit wonder is dat we worden geconfronteerd met onze sterfelijkheid. Vermoedelijk zijn er weinig emoes die gebukt gaan onder het besef van hun onvermijdelijke levenseinde. Daarom richten de emoes ook geen indrukwekkende kathedralen op. En daarom heeft de emoegemeenschap zo ontzettend weinig bijgedragen aan de existentiële filosofie.

Bovendien scheept zelfbewustzijn ons op met het idee van een zelf. Dit brengt weer allerlei potentiële problemen met zich mee, zoals de vraag wie we dan 'echt' zijn, de vraag wat anderen van ons vinden, een constant op de loer liggend gevoel dat we niet goed genoeg zijn, het ijdele verlangen om uit te blinken boven anderen en al het gedoe dat dit met zich meebrengt. Interessant genoeg is zelfbewustzijn onze trots, maar als we zeggen dat we ons 'zelfbewust' voelen, bedoelen we er vrijwel altijd iets negatiefs mee; dan voelen we ons opgelaten of ongemakkelijk. Van dat soort zelfbewuste zorgen hebben de meeste andere dieren geen last. Geen stadsduif die onzeker in de weerspiegeling van een autoruit kijkt hoe hij erbij loopt; geen kanarie die naar Azië vertrekt in de hoop 'zijn ware zelf' te vinden; geen paard met een identiteitscrisis. (Maar goed ook. Anders zou elk paard zoiets hebben van: 'Wat is dit voor bestaan? Vroeger droegen wij edele, geharnaste ridders op het slagveld naar de overwinning; tegenwoordig lopen we rondjes in een overdekte bak zand en zitten we opgescheept met vegetarische, veertienjarige meisjes en jongens in een legging die nog uit de kast moeten komen.' Niet de meest geëmancipeerde dieren, paarden.)

Het idee van een zelf leidt tot het verlangen om hier een positieve invulling aan te geven. Wat mij betreft geldt deze behoefte aan een identiteit ook als een gebrek, zoals bijvoorbeeld dorst een gebrek is. We hebben een dorst of zucht naar identiteit, zou je kunnen zeggen. Maar die zelfbewuste behoeftes zetten ons vervolgens weer aan tot prestaties waartoe andere dieren niet toe te porren zijn, zoals de roemrijke klimtocht naar de top van de Mount Everest. Geen ander dier dat daar voor z'n lol aan begint.

De verstrengeling van onze gebreken en vermogens geldt volgens mij niet alleen voor ons als soort, maar ook op individueel niveau. Laten we Napoleon Bonaparte en Ludwig van Beethoven als voorbeelden nemen, mannen die we bij uitstek kennen vanwege hun uitzonderlijke talenten en prestaties. Om bij Napoleon te beginnen: aan deze Franse keizer danken we het woord napoleoncomplex. De mythe is dat hij door zijn geringe lengte een immense drang tot overcompensatie had. Ik noem het een mythe, omdat hij in werkelijkheid niet veel kleiner was dat het gemiddelde van zijn tijd. Toch geloof ik dat hij inderdaad een drang tot overcompensatie had, maar dat die eerder het gevolg was van een aantal pijnlijke ervaringen in zijn kindertijd. Hij is nog maar negen jaar oud als zijn moeder hem op de boot zet naar Frankrijk om naar een militaire kostschool te gaan. Hij is opgegroeid op Corsica, waar men destijds Corsicaans sprak, een taal die meer verwant is aan het Italiaans dan aan het Frans. Hij komt dus als klein kind terecht in een land waarvan hij de taal niet spreekt. Bovendien belandt hij als jochie van simpele komaf tussen de adellijke rijkeluiskindjes die hem pesten met zijn rare accent. Buitenbeetje Napoleon sluit zich af en richt zich volledig op zijn ontwikkeling, om ergens anders zelfwaardering vandaan te halen. Boeken noemt hij 'mijn enige vrienden'.

Als ik even voor Bram Bakker mag spelen: een weerloos kind, verstoken van ouderlijke liefde, in een onveilige omgeving, met weinig tot geen sociale acceptatie. Dat is zo'n beetje het klassieke recept voor het ontwikkelen van een persoonlijkheidsstoornis. Verbaast het als zo iemand een bijna dwangmatige behoefte ontwikkelt aan erkenning, bevestiging, bewondering?

En natuurlijk is iemand als Napoleon begaafd, natuurlijk bezit hij bijzondere talenten. Maar de ontwikkeling van die talenten is niet los te zien van de jaren dat hij zich in eenzaamheid op de boeken stortte, verstoken van de simpele pleziertjes waar de meeste van zijn leeftijdsgenoten zich in verloren, en niet los te zien van zijn gedwarsboomde behoefte om geliefd te zijn.

Daarom heb ik ook grote moeite met het woord 'genie'. De etymologische oorsprong van het woord (Latijn: *genius*) heeft allerlei goddelijke associaties. In de Romeinse religie duidde het op de goddelijke aard van een persoon. Later ging het betekenen dat iemand werd bijgestaan door God, of begiftigd is met goddelijke gaven, en die daarmee tot bovenmenselijke prestaties komt. Volgens mij is dat een onzinnige voorstelling van mensen die uitzonderlijke prestaties leveren. Als je goed kijkt naar deze zogenaamde genieën, zie je niet zozeer iemand die wordt bijgestaan door God, maar vrijwel altijd iemand die een dwangmatige obsessie heeft gevormd voor het een of ander, vaak als psychologische overlevingsstrategie in onbarmhartige omstandigheden. Wij kunnen denken dat het goddelijke aan het werk is omdat we de prestaties zien; wat we niet zien, zijn al die uren van oefening die eraan vooraf zijn gegaan. En voor die uren van arbeid moet iemand een dwingende drijfveer hebben. Ik heb nog geen geval ontdekt waarbij die drijfveer niet gevoed blijkt door iets wat door en door menselijk is: angst, eerzucht, een gevoel van minderwaardigheid, fantasieën van wraak, een behoefte aan troost.

Volgens mij maken we snel de fout om te denken dat het leven van een 'genie' wordt bepaald door zijn of haar prestaties; omdat we niks anders zien van diegene dan dat. De dingen waar mensen in uitblinken, daarmee treden ze naar buiten. (Met uitzondering van Gaston Starreveld, die naar buiten treedt zonder dat precies duidelijk is wat zijn talent inhoudt, behalve het zeggen van 'Goeeedenavond'. Al moet ik toegeven dat hij dit inderdaad met verve doet.) Dus als iemand virtuositeit toont in een bepaalde discipline, kunnen we makkelijk gaan denken dat die persoon zich in alle opzichten virtuoos door het leven beweegt. Zo zien we van Napoleon zijn glorie op het slagveld, maar niet zijn wanhoop en verdriet als hij op veldtocht verwijderd is van zijn grote liefde Josephine, terwijl hij maar geen brief van haar ontvangt, en zij hem ook nog eens blijkt te bedriegen met een charmante luitenant; we zien niet zijn episoden van depressies, of zijn aambeien van het vele paardrijden.

We poetsen onze triomfen op om uitgebreid te etaleren, terwijl we onze angsten en zwaktes krampachtig verhullen.

Laten we ook nog even kort Beethoven als casus nemen, een muzikaal 'genie'. (Ik ben bijna klaar hoor, Koos, met genieën van hun voetstuk af te trappen. Maar ik vind het belangrijk, omdat ik op zoek ben naar wat alle mensen met elkaar delen. En als sommige mensen God aan hun zijde blijken te hebben en andere niet, dan kunnen we het wel vergeten.) In het kort: een afschuwelijke jeugd – depressieve moeder, agressieve alcoholistische vader – maakt dat hij zijn toevlucht zoekt in zijn muzikale fantasie. Een beetje zoals mijn andere muzikale held, Mariah Carey, die, nadat haar vader het gezin heeft verlaten – Mariah is vier – elke nacht uit bed kruipt en met de radio meezingt om troost te vinden. (Dit is waar ik het afleg tegen Mariah: wel het zangtalent, maar niet het gebroken gezin als drijfveer om het te ontwikkelen. Al zeggen mensen wel vaak tegen mij: 'Tim, wie weet wat er mogelijk is als jij ook een borstvergroting zou nemen.')

In het geval van Beethoven slaat dan ook nog eens genadeloos het noodlot toe. Al voor zijn dertigste begint hij doof te worden. Noodgedwongen zet hij zijn ambities al concertpianist opzij en besluit zich volledig toe te leggen op compositie. Niet van harte, want het beroep van concertpianist had in die tijd een veel hogere status. En zo bepaalt twee keer een gebrek – eerst een gebrekkige opvoeding, dan een falend gehoor – dat Beethoven zal uitgroeien tot een grootse componist.

Ik peper het nog maar eens in: vermogen en onvermogen, talenten en angsten, zijn hier moeilijk van elkaar te onderscheiden.

Laten we nog één grootheid van zijn voetstuk af helpen: ondergetekende. Niet dat ik eerder een genie ben genoemd, maar dat een kwestie van tijd. (Wat dat betreft is het jammer dat ik niet mijn eigen begrafenis kan bijwonen.)

Na mijn middelbare school deed ik auditie bij de Amsterdamse Toneelschool, waar ik genadeloos werd afgewezen, al in de eerste auditieronde. Je kon kiezen tussen een monoloog of een liedje. Ik koos het laatste, en het nummer dat ik had voorbereid, was 'Harder dan ik hebben kan' van Bløf. Met zo'n poëtische (lees: onbegrijpelijke) tekst dacht ik een kunstzinnige indruk te kunnen maken. Mijn vader was mee om me op de piano te begeleiden. In een repetitiezaal van de Toneelschool zong ik voor een driekoppige jury zo goed als ik kon het nummer. Ik was zenuwachtig, maar voor mijn gevoel had ik de onbegrijpelijke essentie goed overgebracht. Vervolgens vroeg de jury of ik het nummer nog eens zou willen doen, maar dan alsof ik in het voorprogramma stond van K3. Achteraf vermoed ik dat ze wilden peilen in hoeverre ik een vermogen had tot *expressie*, een vermogen dat je bij mij moeilijk van de buitenkant kunt aflezen. En dat is een beetje het ding met expressie, als je het niet van de buitenkant kan aflezen, is het zeer de vraag of je het hebt.

Maar ik zette mijn beste beentje voor. Bløf als voorprogramma van K3. *Here we go*. Mijn vader zette in. Alleen tot mijn verrassing deed hij dat niet op de manier die we hadden gerepeteerd. Hij had de opdracht blijkbaar ook op zijn pianospel betrokken, want hij begon te begeleiden alsof het een frivool kinderliedje was. De juryleden lachten, mijn vader stal de show. Tot mijn grote ongenoegen. Ik had zoiets van: Wie is hier nou auditie aan het doen, pa? Jij of ik?!

Nou goed, lang verhaal kort: mijn vader is uiteindelijk aangenomen.

Na mijn afwijzing schreef ik me in bij Neerlandistiek aan de Universiteit van Amsterdam. Waar voorheen mijn leven vooral in het teken had gestaan van kattenkwaad, computerspelletjes en blauwtjes lopen, kwam ik nu in aanraking met mensen die zich bekommerden over allerlei maatschappelijke kwesties: ik ging de krant lezen, ik ging vaker naar debatavonden. Langzaam kwamen er barsten in mijn kleine comfortabele wereld, tot op het punt dat die wereld volledig was afgebroken.

Van al het onrecht en alle misère trok ik me de dreigende milieuproblematiek het meest aan. Bijna obsessief verdiepte ik me in de zorgwekkende statistieken, in de scenario's waarin oogsten massaal zouden mislukken en landen oorlog zouden voeren om water en andere steeds schaarser wordende hulpbronnen. Het was niet alleen het idee dat we afstevenden op ecologische rampspoed dat me verontrustte, het was vooral ook het besef dat we wísten dat dit ging gebeuren, en dat desondanks het overgrote deel van de mensen er een houding van onverschilligheid, ontkenning of zelfs spot op na hield.

Ik begon de mensheid te haten. De mens vond zijn eigen, egocentrische gehechtheid aan een materialistische levensstijl, de gehechtheid aan een stuk vlees op zijn bord, aan de vliegvakanties naar de zon, belangrijker dan de destructie die ze daarmee veroorzaakten. Het leek wel een samenzwering: zolang jij mij er niet op aanspreekt, spreek ik jou er niet op aan en kunnen we doen alsof er niks aan de hand is. En eenieder die de samenzwering verbreekt, wordt gestraft bij wijze van sociale uitsluiting.

Eigenlijk was het zo: iedereen die zich hier niet net zoveel zorgen over maakte als ik, was een fascist. En een wereld waarin vrijwel iedereen om je heen een fascist is, is behoorlijk eenzaam.

Omdat mijn medemens de urgentie niet leek in te zien, haalde ik het in mijn hoofd om te denken dat ik degene was die dit tragische lot zou moeten afwenden. Ik was degene die de wereld moest redden en het collectieve bewustzijn moest transformeren. Hoe? Dat sprak voor zich: met cabaret.

Dit zeg ik een beetje als een grap, maar het is wel ongeveer wat ik dacht. Wel zag ik mijn beoogde rol iets breder dan cabaretier. Ik dacht in termen van een invloedrijk publiek persoon, zoals een Martin Luther King. Of een Maarten Luther. En dus was het zaak om me te ontwikkelen. Met een dwangmatig fanatisme stortte ik me op mijn studies psychologie en filosofie. Want hoewel ik zou instemmen met de uitspraak van Karl Marx – 'Filosofen hebben zich beziggehouden met de wereld te begrijpen, maar het gaat erom haar te *veranderen*!' – dacht ik dat ik de wereld toch eerst moest begrijpen voordat ik haar kon veranderen.

Mijn zorgen over de wereld en mijn taak om iets te veranderen begonnen zwaar op me te wegen. Ik leed eronder, ik kreeg ineens allerlei onverklaarbare fysieke klachten. Ook de relatie met mijn toenmalige vriendin Asha leed eronder. Zo hadden we een cursus salsadansen gedaan, en zij wilde hier graag mee verder. Ik was intussen tot de conclusie gekomen dat ik de wereld niet ging redden met salsadansen. Want hoe was de 'I have a dream'-speech van Martin Luther King afgelopen als hij zich niet goed had kunnen voorbereiden omdat hij de avond ervoor van zijn vriendin naar salsales had gemoeten?

En ik hoor je denken: Martin Luther King was een zwarte man, die had waarschijnlijk geen dansles nodig. Maar dat is precies het soort racistische, stereotyperende denken waar Martin een broertje dood aan had.

Wat ik heb gepresteerd – en ik wil niet zeggen dat mijn prestaties zo bijzonder zijn, dat laat ik aan de jury van de Nobelprijs voor de Vrede – maar wat ik heb gepresteerd, is dus voor een groot deel te danken aan angst. Want ik weet zeker dat die jaren van angstgedreven ijver cruciaal geweest zijn voor mijn ontwikkeling.

***

Mijn vader en ik trekken gebroederlijk met elkaar op. Gisteren hebben we een wandeling gemaakt, een heuvel op langs wijnranken, naar Heiligenstadt. Hier staat het buitenhuis van Beethoven, de plek waar hij naartoe vluchtte om zijn doofheid te verbergen. 's Avonds bezochten mijn vader en ik in de beroemde concerthal Musikverein een uitvoering van Beethovens Vijfde Symfonie. Je weet wel, die ene die begint met 'ta ta ta taaaa'. (Goed dat het notenschrift is uitgevonden, want het is knap lastig om de rest van de Vijfde Symfonie fonetisch op te schrijven.)

Terwijl mijn vader een wandeling door de stad maakte, ben ik vandaag naar het Freudmuseum geweest. Als geen ander begreep Sigmund Freud hoe de mens gebukt kon gaan onder zijn hoogontwikkelde geestelijke vermogens. Al te vaak wordt er van Freud een karikatuur gemaakt, omdat hij een paar rare ideeën had, maar tegelijkertijd heeft hij een revolutie veroorzaakt in hoe we denken en spreken over onze geest. Freud bouwde voort op Darwin, die de mens zijn plaats had teruggegeven in het dierenrijk. De mens was niet langer de kroon op de schepping, zoals de Bijbel predikte en waar Kant in zekere zin ook nog van uitging. Nee, de mens was een wezen dat net als andere dieren geprogrammeerd was om te overleven. Freud voegde vervolgens aan Darwins gedachtegoed toe: wij mensen zijn niet alleen geprogrammeerd om lichamelijk, fysiologisch te overleven, maar ook om ons *psychisch* staande te houden, in een wereld waarin onze identiteit en ons gevoel van eigenwaarde constant worden bedreigd.

Laat ik opnieuw mijn studiejaren als voorbeeld nemen, toen ik me zo fanatiek op kennisvergaring stortte. Mijn drijfveren waren misschien nobel en idealistisch (en megalomaan), maar tegelijkertijd bevredigden mijn studieprestaties een behoefte om iemand te zijn. Ik had iets gevonden waaraan ik mijn eigenwaarde kon ontlenen, waar ik trots op kon zijn. En ik denk ook dat ik in de ogen van mijn medestudenten vaak een irritant mannetje was. Ik was altijd uitstekend voorbereid, tijdens werkgroepen troefde ik met genoegen medestudenten af, en ik genoot ervan om het lievelingetje van de docent te zijn. Daar ben ik op een gegeven moment wel mee gestopt, hoor. Toen ik was afgestudeerd, ben ik daar eigenlijk meteen mee opgehouden.

Maar juist omdat ik mijn identiteit aan mijn intellectuele prestaties ontleende, was het ook mijn zwakke plek. Ik heb in mijn eerste jaar filosofie een tijdje bij de studiekrant gezeten, en ik was geïntimideerd door wat die ouderejaars allemaal wisten. Ik kwam zelf net van de middelbare school, ik wist nog helemaal niks. De ouderejaars bij de studiekrant daarentegen strooiden nonchalant met citaten van Nietzsche, Hegel, Schopenhauer, Wittgenstein, Kant. *In het Duits.* En in het begin dacht ik dat dit pure ijdeltuiterij was, maar later realiseerde ik me: die mensen hebben het gewoon allemaal in het Duits gelezen. In de filosofie is Duits een belangrijke taal, dus als je alles in vertaling leest, word je toch iets minder serieus genomen.

Mijn Duits is gewoon niet zo goed, en dat heb ik mijn hele studie lang moeten verhullen. In praktische situaties red ik me overigens prima. Neem de nachttrein met mijn vader hier naar Wenen. We hadden een eigen coupé met een stapelbedje. En op zich vind ik de nachttrein een fijne manier van reizen, maar we hadden wel erg weinig ruimte. We konden onze koffers amper kwijt. Het lukt me prima om daar in het Duits wat van te zeggen tegen de Oostenrijkse conducteur. Die overigens wel gepikeerd reageerde. En misschien had ik ook niet het woord '*Lebensraum*' moeten gebruiken, maar ja, mijn vocabulaire is nou eenmaal beperkt, en dit woord legde wel perfect de situatie uit.

Hoe dan ook, aangekomen in het Freudmuseum zeg ik bij de kassa in perfect Duits: '*Ich möchte eine Eintrittskarte, bitte.*'

Dat ging lekker. Vloeiend. En toen de man achter de kassa vroeg of ik een audiogids wilde, verraste ik mezelf met: '*Ja, gerne.*'

Dat ging ook lekker. Ik had het accent ook perfect te pakken, al zeg ik het zelf. En hij vraagt in welke taal in mijn audiogids wil. Op basis van mijn vorige twee zinnen had mijn zelfvertrouwen zich behoorlijk opgebouwd, dus ik hoor mezelf zeggen: '*Auf Deutsch bitte.*'

Ik kwam er al vrij snel achter dat dit een overmoedige

beslissing was geweest. Zeker de helft ging aan me voorbij. Dat hele gevoel van minderwaardigheid van mijn studiejaren kwam weer boven.

Bovendien was niet duidelijk aangegeven welke nummertjes van de audiogids nou bij welke objecten in de zaal hoorden. Als gevolg liep ik totaal gefrustreerd dat museum door. In de eerste kamer bijvoorbeeld hing een schilderij en vertelde de audiogids over een klok. En in de laatste ruimte zie ik een grote klok en hoor ik in mijn koptelefoon over een schilderij. En toen begreep ik: ik had het museum in de tegenovergestelde route gelopen. Maar op dat punt had ik er allang geen zin meer in, ik ging niet nog een keer dat museum door. Dit hele museum kon wat mij betreft het heen-en-weer krijgen.

Ik liep weer terug richting de kassa toen ik in de laatste zaal – of eigenlijk de eerste – een vrouwelijke gids hoorde praten. Ik kon niet uitmaken wat ze precies zei, wel dat ze Engels sprak met een Duits accent. Waarschijnlijk was ze van het museum. Eromheen stond een groep die moest lachen om wat ze vertelde. Mijn nieuwsgierigheid was gewekt. Dus schuifelde ik stiekem wat dichterbij en legde mijn oor te luister. Eerst nog met mijn rug naar ze toe gedraaid, alsof ik eigenlijk helemaal niet meeluisterde, maar al snel ontdekte ik dat deze vrouw veel amusantere verhalen vertelde dan die verrekte audiogids. En bovendien in een taal die ik machtig was. Haar publiek was een groep begin twintigers. Ik vermoed dat het psychologiestudenten waren, want een docent met een Amerikaans accent onderbrak de gids soms om iets toe te voegen, of om te zeggen dat ze dat ook in de reader konden vinden. Het was overduidelijk een besloten rondleiding, waar waarschijnlijk voor was betaald. Maar ik dacht: die gids weet vast niet precies wie wel en wie niet bij de groep hoort. Ze heeft die mensen net voor het eerst ontmoet. Dus als ik me gewoon een beetje onopvallend opstel, en een beetje achteraan blijf staan, dan kom ik er wel mee weg.

Wel zag ik één valkuil. Ik was een kop groter dan iedereen in die groep, die bovendien uit bijna alleen maar meisjes bestond. Als er ineens iemand bij stond die een kop boven iedereen uitsteekt, kon die gids denken: Wacht eens even, die jongen was er net toch nog niet?

Mijn oplossing was even simpel als effectief: door de knietjes zakken. Hier zou James Bond nog een puntje aan kunnen zuigen. Hij heeft allemaal peperdure gadgets nodig voor z'n undercovermissies, deze jongen zakt gewoon door z'n knietjes en is zo goed als onzichtbaar.

En ik moet zeggen dat het een lullig gezicht moet zijn geweest: een boomlange jongen die door de knieën gezakt van de ene naar de andere kamer loopt. Af en toe zag ik een studente ook een verbaasde blik op me werpen. Maar dat kon me niet schelen; het enige waar ik me druk om maakte, was dat die gids er niet achter zou komen. En dat paste precies bij de houding die ik tijdens mijn studie had opgedaan: een goede indruk maken bij de docent – in dit geval de gids – in combinatie met een neerbuigende onverschilligheid tegenover mijn medestudenten. Ik was perfect klaargestoomd voor deze situatie.

Zo laafde ik me aan alle heerlijke anekdotes die de vrouw te vertellen had. Ik ging er volledig in op.

Op een bepaald moment kwamen we bij de bekende sofa, waar Freuds patiënten plachten te liggen. Haaks daaraan stond aan het hoofdeinde de fauteuil waar Freud zelf op zat. De gids vroeg aan de groep studenten waarom de opstelling zo was dat de patiënt en de psychoanalyticus elkaar niet konden zien.

En een stemmetje in mijn hoofd riep: 'Oe! Ik weet het, ik weet het!' Maar ik moest mezelf met man en macht bedwingen om niks te zeggen, want ik was undercover.

Stilte. Niemand van de groep reageerde.

De docent zei: 'Dit zouden jullie moeten weten, jongens, dit staat in de reader.'

Nog steeds geen reactie. Niemand leek het te weten, behalve ik. En naarmate het zwijgen voortduurde, groeide mijn gevoel van trots. Tot het punt dat ik me niet meer kon inhouden. In het Engels zei ik: 'Als ik het goed heb, is dat zodat de patiënt niet afgeleid raakt wanneer die bij het vrij associëren allerlei diepe en persoonlijke zielenroerselen probeert te uiten. Door de reactie op het gezicht van de psychoanalyticus zou de patiënt zich bijvoorbeeld kunnen gaan censureren, terwijl het juist de bedoeling is van vrij associëren om de censuur van het ego te omzeilen.'

'Dat is het perfecte antwoord,' zei de gids.

En ik knikte nonchalant, terwijl ik vanbinnen een vreugdesprongetje maakte. Eens te meer was ik het lievelingetje van de docent. En de rest van de groep keek mij aan met een blik waaruit ik las: 'Wie is deze teringlijer? Hij heeft niet eens een reader.'

Heerlijk. Het voelde zo goed.

Ik moet eerlijk toegeven: het antwoord dat ik gaf, was een van de weinige dingen die ik wel had opgestoken van de audiogids. Want de sofa en de fauteuil stonden in de middelste kamer, dus dat was de enige plek geweest waar mijn audiogids overeenkwam met de objecten. Dat ik het antwoord wist, deed mijn zelfvertrouwen behoorlijk goed, want blijkbaar was m'n Duits dus ook weer niet zo slecht.

Op dat moment voelde ik wel aan de sfeer dat ik me uit de voeten moest gaan maken. Ook omdat de gids me ineens verbaasd aankeek. En toen zag ik dat er plotseling niemand meer tussen de gids en mij in stond. De vrouw keek nu recht naar mij en bestudeerde de vreemde houding die ik had aangenomen. Wat feitelijk de ontmaskering betekende van mijn undercovertruc.

Bijna tenminste. Want met onovertroffen snelheid van geest heb ik toen gevraagd waar ik het gehandicaptentoilet kon vinden. En toen ben ik, door de knietjes gezakt, de ruimte uit gewaggeld.

***

Inmiddels zitten we weer in de trein terug. Gisteren was onze laatste dag in Wenen. Het toeval wilde dat ons hotel naast een karaokebar gelegen was. Gedurende de week had ik al opmerkingen tegen mijn vader gemaakt dat we daar een liedje moesten gaan zingen, waarbij ik zelf ook niet wist of ik nou een grapje maakte. Bij het ontbijt besloot ik dat het menens was en zei ik tegen mijn vader: 'Vanavond trakteer ik je op een drankje in de karaokebar.'

Hij reageerde angstig met: 'Ben je serieus?'

'Bloedserieus. Het lijkt me een eer om een duet met je te zingen. Wat dacht je van "Time of My Life"?'

Van dat laatste was ik dan weer wel vrij zeker dat ik een grapje maakte.

Overdag bezochten we het graf van Beethoven. Toen mijn vader en ik 's avonds spaghetti aten, in een Italiaans restaurant dat te chic was voor onze smaak (mijn voorliefde voor druivensap, diepvriespizza en aardappelwafels valt niet ver van de boom), vroeg ik of hij er klaar voor was. Ik zag een ondeugende twinkeling in zijn ogen, en ik wist dat we het gingen doen. Ook zag ik dat hij nog een wijntje bestelde.

Na het eten tuurden we naar binnen bij de karaokebar. Die was nog vrijwel leeg. Er zaten drie meisjes in een hoekje. We besloten om eerst onze koffers alvast in te pakken en een uurtje later terug te komen.

En zo stapten we een uur later de karaokebar binnen. De tent was nu beter gevuld. We namen plaats naast de drie meisjes die er een uur geleden ook al zaten. Een serveerster van amper twintig met een diep uitgesneden decolleté nam onze drankjes op.

M'n vader zei: 'Nu voel ik me wel behoorlijk oud.' Het publiek bestond inderdaad uit voornamelijk twintigers, begin dertigers. De enige uitzondering was de oudere man die op dat moment op het podium stond en een nummer zong van Leonard Cohen. Uit zijn mimiek was meteen duidelijk dat-ie psychisch niet helemaal in orde was, dus dat was waarschijnlijk ook geen geruststelling voor m'n vader.

Even later hadden we allebei een nummer aangevraagd. Nu was het wachten.

Na enige observatie concludeerde ik dat de mensen op het podium ingedeeld konden worden in twee categorieën. Er waren de mensen die zenuwachtig waren omdat ze niet zo goed konden zingen, en daarom bang waren om voor schut te staan. En er waren de mensen die zenuwachtig waren omdat ze wel konden zingen, waardoor er iets van hun identiteit op het spel stond. Strikt genomen had je ook nog de categorie mensen (mannen) die veel minder zenuwachtig waren, omdat ze expres niet hun best deden. Zo waren er twee jongens die een hardrocknummer hadden aangevraagd en nu baldadig in de microfoon stonden te blèren. Ze stapten het podium af met een ironische glimlach onder luid gejuich van de rest van hun vriendengroepje. Als je niet je best doet, kun je ook niet falen.

Meteen hierna kwam een jongen die in de tweede categorie viel: zenuwachtig omdat hij kon zingen. Hij had eerder een nummer gezongen van Frank Sinatra, toen was al duidelijk dat hij goed was, en vooral dat hij het serieus nam. Hij had er zelfs een net pak voor aangetrokken. Ik had een beetje met hem te doen. De jongens voor hem hadden een toon gezet van spot en baldadigheid, en nu kwam hij in alle ernst met een opgezette operastem 'O sole mio' zingen. Hij straalde iets lulligs uit, met zijn bril en zijn buikje. Ik bedoel, Pavarotti had ook een buik. Maar misschien juist daarom leek het een soort slechte parodie.

Naast dat ik met hem te doen had, vond ik hem eerlijk gezegd ook bloedirritant. Hij nam het te serieus. Net zoals ik die baldadige jongens bloedirritant vond. Die namen het te weinig serieus. En dat heb ik die avond over mezelf geleerd. Als het om karaoke gaat, hanteer ik een zeer strenge maatstaf die balanceert tussen het te veel en te weinig serieus nemen. Je moet wel je best doen, maar je moet tegelijkertijd ook het speelse karakter van het karaokeconcept onderkennen. Al het andere trek ik voor geen meter.

Toen was het mijn beurt met 'Hero' van Mariah Carey. Tja, wat kan ik ervan zeggen? Ik heb de mensen even een lesje geleerd over de precaire balansoefening die karaoke heet.

(Wel kwam ik er terug op de hotelkamer achter dat mijn gulp open had gestaan en ik vlekken tomatensaus op mijn shirt had, waardoor het zou kunnen lijken dat ik de balans net iets te ver door had laten slaan naar 'te weinig serieus nemen'. Zo zie je maar hoe nauw het luistert.)

Meteen nadat ik weer was gaan zitten, klonk de intro van het lied dat mijn vader had aangevraagd: 'Piano Man' van Billy Joel. Ik moest lachen, want dit nummer heeft een speciale status gekregen binnen onze familieanekdotiek. Mijn vader heeft als professioneel musicus een makke, en dat is dat hij absoluut niet tekstvast is. Met 'Piano Man' heeft hij een van zijn meest legendarische vergissingen gemaakt. De eerste zin van het nummer is 'It's nine o'clock, on a Saturday'. Maar vader heeft daar ooit vol overgave van gemaakt: 'It's Friday night, on a Saturday.'

En nu, om mij te plezieren, herhaalde hij die vergissing nog eens in een Weense karaokebar. Verder zong hij het nummer als de uitmuntende zanger die hij is. Hij sloot af met: 'Auf Wienerschnitzel!', waarmee hij de precaire karaokebalans in perfectie voltooide. Ik was trots op hem.

Niet lang daarna nam de serveerster ons tafeltje weg voor mensen die hadden gereserveerd. De drie meisjes naast ons nodigden ons uit om bij hen te komen zitten. Ze waren van mijn leeftijd en bleken expats. Een van hen kwam uit Bulgarije, een ander uit Kazachstan en de derde uit Rusland. Ik zat naast het Russische meisje, we kletsten wat. Ze werkte in de IT, maar ze hoopte ooit nog wel iets anders te gaan doen. Toen ik schertsend suggereerde dat ze misschien in Rusland een karaokebar kon openen, reageerde ze ernstig: 'Ja, misschien wel.' Waarop ik de woorden inslikte: 'Ik denk wel dat er iets meer passie voor nodig is om zoiets in Rusland van de grond te krijgen. Eerlijk is eerlijk, het lijken me daar niet de meest karaokegezinde mensen. En als je mij vraagt waarom dan niet? Dan zeg ik: joie de vivre. De Russen missen die lichthartige levensvreugde die vaak samengaat met karaoke.' Maar dat kan natuurlijk heel goed mijn vooroordeel zijn. En ik wilde haar hoop op een uitweg uit de IT ook niet de grond in boren.

Na een tijdje had ik het wel gezien. Mijn vader en ik hadden allebei een nummer gezongen en we moesten morgen weer vroeg op voor de trein terug, dus wat mij betreft konden we gaan. Mijn vader dacht daar echter anders over. Hij had de smaak te pakken gekregen. Terwijl ik met het meisje had zitten kletsen, had mijn vader stiekem snel nog een nummer aangevraagd. En dus moesten we wachten totdat hij op moest. Dat gebeurde een halfuur later, toen het begin klonk van *Dirty Dancing*'s 'Time of My Life'.

Mijn vader grijnsde: 'Deze is voor ons, Tim.'

Ik had geen andere keus dan na hem het podium op te klimmen. Gelukkig was mijn vaders mans genoeg om de partij van Jennifer Warnes voor zijn rekening te nemen, en ik deed mijn best om bij te kleuren als Bill Medley. We hebben een prima prestatie geleverd, al moet ik bekennen dat er voor een volgende keer nog werk aan de winkel is qua choreografie. Dan spelen we het hopelijk klaar dat mijn vader komt aanrennen en ik hem in de iconische lift boven mijn hoofd uit til.

Terwijl het Oostenrijkse landschap buiten voorbijraast, heb ik nog een paar gedachten. Misschien zijn ze te groots, te vol van pretentie, maar ik schrijf ze toch op. Ik schreef over de behoefte om iemand te zijn, onze neiging om superioriteit te claimen. De grootste onrechtvaardigheden en morele tragedies vonden plaats op basis van een of andere superioriteitsclaim. De ariër boven de jood, de aanhanger van de ware God boven de heiden, mijn nationaliteit boven de jouwe, de man boven de vrouw, de proletariër boven de verdorven bourgeois, de edelman boven de lijfeigene, de vrije witte boven de zwarte slaaf. De behoefte om iemand te zijn en onze neiging tot superioriteit zijn volgens mij nauw aan elkaar verwant. Wat is een betere manier om je identiteit veilig te stellen dan je af te zetten tegen iemand anders, tegen een andere groep, en vervolgens te beweren dat je beter bent?

Als dat zo is, dan is een geval waarbij ik me in een Freudmuseum superieur voel boven de onwetende studenten omdat ik het antwoord weet op een vraag en zij niet, of de jongen die met een air van verhevenheid 'O sole mio' zong, niet fundamenteel verschillend van alle claims tot superioriteit die door de geschiedenis zoveel slachtoffers hebben gemaakt. Althans, *moreel gezien* is er uiteraard een wereld van verschil, staan ze op geen enkele manier in verhouding tot elkaar. Maar *psychologisch gezien* komt het volgens mij neer op dezelfde aandrift.

En daarom geloof ik dat het tijd wordt om de mens als mens nieuw leven in te blazen. Niet op basis van een of andere verheven eigenschap, maar juist op basis van onze gebrekkigheid. De mens als mens is de mens als kluns. We falen, onvermijdelijk. We zijn kwetsbaar, we zijn sterfelijk. En als wezens met zelfbewustzijn *weten we dat we falen, weten we dat we zullen sterven*. Het zijn onze prestaties die ons van elkaar onderscheiden – letterlijk: als iemand iets bijzonders presteert, ontvangt hij een *onderscheiding* – maar het is onze gebrekkige aard die we met elkaar delen. Daarom geloof ik dat dit de volgende stap zou kunnen zijn in de menselijke beschaving. Dat we alle aanspraken op superioriteit ontmaskeren, bij onszelf en bij anderen, en erkennen dat we wezens zijn die struikelen, aftakelen, sterven, het niet weten en doen alsof, die een vlek tomatensaus op ons shirt hebben en wanhopig zijn als we niks horen van onze geliefde, hoeveel roem we ook mogen vergaren op het slagveld.

En hoewel we een aantal fundamentele gebreken met elkaar delen, zoals onze sterfelijkheid, zijn we natuurlijk niet allemaal even gebrekkig. Zoals talenten niet gelijk verdeeld zijn, zijn tekortkomingen dat ook niet. De ene persoon wordt geboren met een zware lichamelijke handicap, de andere wordt gezegend met het uiterlijk van Ryan Gosling (overigens niet veel mensen, voor zover ik weet alleen Ryan Gosling). Maar het feit dat we minder gebrekkig zijn dan een ander lijkt me geen reden om ons superieur te voelen. Het lijkt me eerder een reden om compassie op te brengen en solidair te zijn. Op dit besef vestig ik mijn hoop dat alle mensen ooit broeders zullen worden.

Alle goeds,
Tim

9.

Brief uit Moskou, waarin Tim probeert te verbroederen met zijn Russische medemens

MOSKOU, *25 mei 2017*

Beste Koos,

Deze avond is de laatste van een acht dagen durende reis. Ik zit nog in de vroege fase van mijn nieuwe voorstelling, en ik vond een tweeledige aanleiding voor een reis naar Rusland. Ten eerste wilde ik naar Kaliningrad, een stad die vroeger Königsberg heette, de voormalige woonplaats van Immanuel Kant. ('Voormalig' in de zin dat Kant nu dood is. Niet dat-ie nu ergens anders woont, samen met Elvis en 2Pac.) Ten tweede wilde ik Moskou bezoeken, de stad die het uiterste punt vormt in Napoleons veroveringsdrift.

Niet eerder was ik zo gespannen geweest voor een reis als nu. Dat kwam onder andere doordat ik me in de weken vooraf niet bepaald geaard voelde. Noortje en ik zijn anderhalve maand geleden uit elkaar gegaan, ik moest de week erna mijn eerste try-outs spelen en mijn vader had plotseling gezondheidsproblemen (dat lijkt nu weer goed te gaan). En los daarvan vond ik het spannend omdat ik nog niet eerder in een niet-westers land was geweest, ik de Russische taal niet machtig ben, en omdat ik vreesde voor hoe ik daar als westerling ontvangen zou worden – met name na de MH17 en de economische sancties die de EU aan Rusland heeft opgelegd na de annexatie van de Krim. De enige Russische zin die ik dan ook uit mijn hoofd heb geleerd is: 'Pff, politiek. Laten we het over voetbal hebben.'

En er was nog iets. Twee weken voor mijn reis zag ik een documentaire over homohaat in Rusland. De documentairemaker volgde een soort knokploeg in Sint-Petersburg. 'Jagers' noemden ze zichzelf. Ze waren met een stuk of tien, hun leeftijd schatte ik tussen de achttien en dertig. Onder het voorwendsel van een romantische afspraak lokten ze homoseksuele jongens naar een appartement. Daar vond de meest weerzinwekkende vernedering en mishandeling plaats. De 'jagers' urineerden over de prooi, scholden hem uit, dwongen de arme jongen om te bekennen dat hij 'een flikker' was en gingen hem fysiek te lijf – op een bepaald punt zei de leider, een vrouw, dat ze zich moesten inhouden omdat de documentairemaker erbij was. Het stuitende was dat ze zich voor de camera weliswaar inhielden om nog extremere dingen te doen, maar het verder prima vonden dat het gefilmd werd. Sterker nog, de jagers filmden zelf ook alles. Na afloop zetten ze de beelden online, met als doel het leven van die persoon te ruïneren. Het slachtoffer kon er zeker van zijn dat hij zijn baan zou verliezen en dat hij door de samenleving verketterd zou worden. Haat tegen homo's is in Rusland blijkbaar zo wijdverbreid dat als mensen het zien, ze niet de kant van het slachtoffer kiezen, maar van deze kwaadaardige mensen.

Deze documentaire, in combinatie met alle nieuwsberichten waarin steeds vaker wordt gesproken van 'de nieuwe Koude Oorlog', maakte dat ik met een beeld zat van Rusland als het Vreemde, de Ander, en misschien zelfs een beetje de Vijand.

Zoals gezegd wil ik een voorstelling maken over de Verlichtingsidealen. Vandaar ook mijn keuze voor Kant, Napoleon en Beethoven als hoofdpersonen. (En natuurlijk omdat witte, heteroseksuele mannen vaak maar weinig in de belangstelling staan.) De kern van dat ideaal is de erkenning van *een gezamenlijke menselijkheid*. Daar heb ik je eerder over verteld. Het is een ideaal dat ik koester, en dat mijn voornaamste hoop vertegenwoordigt. Maar confronterend genoeg staat mijn beeld van de Rus als een vreemdsoortig wezen op gespannen voet met dit ideaal. Mijn doel voor deze reis was dan ook om in de Rus mijn medemens te vinden en een poging te doen om met de Rus te *verbroederen*. Als dat niet zou lukken, dan moest ik me afvragen wat mijn Verlichtingsideaal nog waard is.

De eerste Rus in Rusland die ik trof, was de taxichauffeur die me van het vliegveld van Kaliningrad naar mijn hotel bracht. Een afgetrainde vijftiger, hij bleek een voormalig lid van de speciale eenheden. Ten tijde van de Koude Oorlog had hij meerdere missies in Zuid-Amerika uitgevoerd, vertelde hij met ingehouden trots.

Toen ik vertelde dat het mijn eerste keer in Rusland was, feliciteerde hij me. 'Dank je wel,' zei ik maar. Hij zei dat ik na deze reis nooit meer zou denken dat Russen eng of onaardig zijn. Zonder dat ik daarvoor aanleiding had gegeven, voor de goede orde. Niet dat ik eerst iets had gezegd van: 'Goh, ik ben benieuwd of Russen echt zo eng en onaardig zijn als ik denk.'

Toch was de taxichauffeur zelf niet per se de uitgelezen persoon om het westerse beeld van Rusland te ontkrachten. Zo wist hij zeker dat de MH17 niet door Rusland was neergehaald, maar ofwel door Polen, ofwel door Amerikaanse Special Forces. De sancties van de EU zaten hem overduidelijk dwars. Niet zozeer het effect ervan, als wel het feit dat iemand in een positie meende te kunnen zijn om Rusland de les te lezen en te straffen. Tijdens de gehele autorit wees hij westerse auto's aan, van merken als Volvo, BMW, Mercedes, om aan te tonen dat ze niks van de sancties merkten. Het leek me niet het moment om te antwoorden dat ik vooral oudere modellen zag.

Ik vroeg hem wat hij van Trump vond. 'Een clown.' Alle Amerikaanse presidenten zijn maar marionetten. Obama was de grootste zwakkeling. De taxichauffeur vertelde dat er een filmpje had gecirculeerd waarin Obama naar de sportschool ging. 'Mijn dochter tilt drie keer zoveel gewicht als hij.' Het drong tot me door dat de Rus het concept van een sterke leider nogal letterlijk opvatte. In de Russische politiek zou Dennis van der Geest het waarschijnlijk verder schoppen dan Mark Rutte.

De waarde van sterk leiderschap bleek ook toen ik hem vroeg wie hij de beste leider vond die Rusland ooit had gekend. Uiteraard stond Poetin op nummer 1. Op de tweede plek kwam Stalin. Dit zei hij met een glimlach en zijn tong in zijn mondhoek, quasi schertsend, en hij keek naar mij om te zien wat mijn reactie was. Ik knikte kalm en bevestigend. Daarop ging hij op serieuze toon verder met uitleggen wat Stalin zo'n uitstekende leider maakte: hij was vooral daadkrachtig. En iedereen gehoorzaamde hem tenminste. Hij gaf toe dat niet iedereen dit zo ziet. Volgens hem was er op dit moment in Rusland een kleine minderheid van 8 procent, een 'anti-Russische oppositie' – oppositie was in zijn ogen blijkbaar per definitie anti-Russisch – die Stalin afschilderde als het kwaad. Deze minderheid maakte de taxichauffeur vervolgens belachelijk door haar na te doen met een kinderachtig stemmetje. Tja, dat is ook een manier om met de geschiedenis om te gaan.

***

De hotelkeuze was gevallen op het Radisson Blu, omdat ik behoefte had aan enig westers-kapitalistisch houvast, en omdat ik vreesde dat ik bijvoorbeeld bij het Отель Кайзерхоф de bordjes bij het ontbijtbuffet niet zou lezen. Nadat ik had ingecheckt, verkende ik de stad. De architectuur van Kaliningrad deed schizofreen aan. Lange tijd was de stad Duits en had het dus de naam Königsberg. Zo ook in de tijd van Immanuel Kant (1724-1804), toen de stad onderdeel was van het koninkrijk Pruisen. In de Tweede Wereldoorlog is het door de geallieerden platgebombardeerd en kwam het in Russische handen. De gebouwen zijn daardoor een vreemde mengeling van grauwe Sovjetflats en hier en daar een paar overgebleven Duitse houten huizen.

Na wat rond te hebben gewandeld, had ik een afspraak met ene Boris op de 'Russische Staatsuniversiteit Immanuel Kant', de universiteit in Kaliningrad. Boris promoveerde op Kant en was bereid om me een rondleiding te geven. Hij was een jaar of vijfentwintig, klein, een bril, dikkig. Boris bleek een aantal dingen met Kant gemeen te hebben. Net als Kant was hij slechts twee keer in zijn leven buiten Kaliningrad geweest; waar Kant 1.53 meter was, stak Boris daar niet ver bovenuit; en waar Kant vermoedelijk als maagd is gestorven, schatte ik Boris ook niet in als iemand die hier bekendstond als 'de Dubbelloops van Kaliningrad'.

Ik vroeg aan Boris waar zijn promotieonderzoek over ging. Hij vertelde dat Pruisen, en dus ook de stad Königsberg, in de tijd van Kant een paar jaar bezet was geweest door Rusland, en dat hij erachter was gekomen dat Immanuel Kant daardoor ook een Russisch paspoort had gehad. Ik begreep niet goed waarom dit relevant was. Hij ging verder met vertellen dat hij een paar weken daarvoor op de Russische staatstelevisie was geweest om te vertellen over zijn bevindingen. Na het programma deed op sociale media een populaire hashtag de ronde: #KANTNASH. Dat is Russisch voor: 'Kant is van ons.' Glunderend van trots vertelde hij dat het een echo was van 2014, toen de Russen de Krim hadden ingenomen, en massaal de patriottische hashtag rondging: #KRIMNASH. Oftewel: 'De Krim is van ons.'

Voor wie enig benul heeft waar Kant voor stond, is de ironie van de hashtag niet te harden. Kant was een *universalist*, een fel tegenstander van nationalisme. Hij was zelfs voor een supranationale organisatie die een einde zou maken aan alle oorlog. In zijn essay *Naar de eeuwige vrede* formuleert hij als een van de eersten de ambitie van een *wereldgemeenschap*. Als eerste gebruikte hij het woord 'Volkenbond', die na de Eerste Wereldoorlog ook daadwerkelijk werd opgericht, en die als doelstelling had 'een einde aan alle oorlogen' te maken. (Later ging deze over in de Verenigde Naties, die de ambities iets naar beneden bijstelde. Wel zo realistisch.) Dat Kant nu wordt opgeëist door militarisme verheerlijkende patriotten, was ronduit krankzinnig.

Boris vertelde dat in reactie op deze sociale-mediahype van #KANTNASH er iemand met een bus graffiti naar het voormalige huis van Kant was gegaan. Op de muur van het huis heeft die persoon in grote letters de tekst gespoten: KANT LOCH. Dit laat zich vertalen als 'Kant is een loser', of meer letterlijk 'Kant is een sneue rukker'.

De pijnlijke ironie is dat deze daad van vandalisme van meer kennis getuigt over Kant dan de #KANTNASH-figuren.

Nog pijnlijker vond ik dat Boris er zelf ook trots op leek te zijn dat Kant een Russisch paspoort had gehad, trots dat hij deze bijdrage had kunnen leveren aan het toe-eigenen van deze Duitstalige filosoof voor vaderlands glorie. En dat van iemand die zo bekend was met de ideeën van deze filosoof. De trots was blijkbaar sterker dan de redelijkheid. Boris praatte nog, maar ik luisterde al niet meer, want in mijn hoofd was ik een tirade begonnen: 'Luister eens, Boris, jullie hebben werkelijk niks, maar dan ook helemaal niks van Kant begrepen! Kant was voor de vrijheid van meningsuiting, voor een scheiding van machten, hij zou walgen van een autocraat als Poetin die valse aantijgingen verzint om zijn politieke tegenstanders uit te schakelen! Kant die als Verlichtingsmotto opperde: "*sapere aude*", durf te denken! Hij zou niks dan afkeer voelen voor een land waar de meerderheid gedachteloos het staatsnieuws voor waarheid aanneemt! En waar Kant de waarheidsclaims van religie als onzinnig verklaarde, lopen jullie nog achter Russisch-orthodoxe geestelijken aan die beweren dat "homoseksualiteit het einde van de wereld aanduidt"! Als er iets is wat Rusland van het Westen onderscheidt, dan kan dat niet beter belichaamd worden dan door Immanuel Kant! Waar wij het pad van de Verlichting hebben gekozen, zijn jullie blijven steken in een primitieve duisternis! Dus als er één ding duidelijk is, dan is het dat Kant niet van jullie is. Kant is van ons. Kant mag dan misschien een sneue rukker zijn, hij is wel onze sneue rukker!'

Natuurlijk zei ik geen van deze woorden hardop. Ik kropte ze op als een beschaafd mens en gaf Boris een hand. Zo strandde mijn poging in Kaliningrad om met de Rus te verbroederen.

In het vliegtuig van Kaliningrad naar Moskou zat een meneer naast me met wie ik ergens halverwege de vlucht aan de praat raakte. De stewardess deelde eten uit, een dienblad met een gedroogde vruchtenreep en een broodje ham. Ik vroeg of ze misschien ook iets vegetarisch hadden. Dat hadden ze niet bij luchtvaartmaatschappij Aeroflot, waarop de man naast me zijn vruchtenreep aan mij schonk. Aardig. Toen gaf de stewardess me ook nog een extra reep, waardoor ik er ineens drie had. Ik gaf er een terug aan de meneer naast me. Hij hoefde hem niet, want hij probeerde sowieso niet te veel suiker te eten. Zo raakten we aan de praat, over koolhydraten en voldoende sporten. Ergens halverwege schudde hij me de hand en stelde zichzelf voor: 'Marcel.'

Marcel vertelde dat hij voor zijn beroep wijnkaarten samenstelde voor Russische restaurants in 'het hogere prijssegment'. Daarvoor vloog hij bijna wekelijks heen en weer. Hij vertelde met passie over de Russische wijnsmaak en wat er allemaal kwam kijken bij het samenstellen van een kaart. (Uiteraard hield ik mijn mening over de superioriteit van druivensap boven wijn voor mezelf. Want ik weet hoe overtuigend ik kan zijn, en ik wilde die Marcel niet met een identiteitscrisis opzadelen.) Hij woonde in Bodegraven, zijn vrouw was pedicure met een praktijk aan huis en ze hadden twee kinderen. Zijn grote hobby was skeeleren. Vanaf zijn huis was je zo in het Groene Hart. Heerlijk. Wel even uitkijken met die wildroosters (dit leek hij te zeggen als tip, voor het geval ik binnenkort ging skeeleren in het Groene Hart). Volgende week zouden ze lekker met het gezin gaan wandelen langs de kust van Noorwegen. Wat politiek betreft hield hij er fatsoenlijke opinies op na. Poetin vond hij maar niks, net als het rechts-conservatisme dat in landen als Polen en Hongarije steeds meer de overhand kreeg. Kortom: op basis van dit gesprek zou ik niet anders concluderen dan dat ik te maken had met een beschaafde man.

Toen het gesprek was afgerond, richtte Marcel zijn aandacht op zijn telefoon, en ik ging een boek lezen. Op een bepaald moment gleed mijn blik af naar het telefoonscherm van de man. Misschien niet netjes, maar kom op. Ik las mee met het bericht dat hij aan het typen was. Eigenlijk was het meer opstellen dan typen, want het was een lijvig bericht en hij ging zorgvuldig heen en weer om alles te checken voordat hij het verzond. Al met al was hij er zeker een kwartier mee bezig.

Het bericht was gericht aan ene Anastacia. Het duurde niet lang voordat ik kon opmaken dat het een bericht was aan een prostituee en hij zijn wensen/eisen formuleerde. Dit was een hele lijst, steeds voorafgegaan door een opsommingsteken. Dit zijn de dingen die ik heb onthouden van het bericht:

- have kissing in the elevator [misschien dat hij zijn Engels aanpaste aan haar niveau]
- a room with a bath [gevolgd door een icoontje van een bad, om er geen verwarring over te laten bestaan]
- undressing and getting naked [wat mij eerlijk gezegd wat dubbelop lijkt]
- do a wonderful blowjob and swallow my sperm. Wooaaaah.

Vooral het laatste, het uittypen van een dierlijke kreet bij het klaarkomen, vond ik shockerend. Hij eindigde het bericht met: '*I hope you can live with this. I probably missed more details. Stay strong and keep loving.*'

Toen hij zijn bericht had verzonden, ging hij vredig een sudoku maken.

Na de teleurstelling van #KANTNASH werd ik er even fijntjes aan herinnerd dat het Westen ook niet een en al Verlichting en beschaving is. Ik was al bijna in mijn eigen westerse superioriteit gaan geloven.

Aan het einde van de vlucht, nadat hij zijn koffertje uit het bagagerek had gepakt en op het punt stond door het gangpad naar voren te lopen, schudde Marcel me nogmaals de hand. Hij wenste me het beste, en ik deed hetzelfde, ik had gewild dat ik de moed had gehad om te zeggen: '*Stay strong and keep loving.*'

***

Na Kaliningrad restten me nog vijf dagen in Moskou. De eerste dag slenterde ik, luisterend naar een audio-college over de Russische geschiedenis, langs de belangrijkste bezienswaardigheden: het Rode Plein met het mausoleum van Lenin, het Kremlin, de Basiliuskathedraal, die in de Efteling niet zou misstaan.

Ik wilde naar Borodino, zo'n 100 kilometer buiten Moskou. Op die plek hebben de soldaten van Napoleon in 1812 strijd geleverd tegen de Russen; het is de bloedigste veldslag geweest tot dan toe in de hele geschiedenis. In mijn eentje durfde ik de logistieke onderneming naar het Russische achterland niet aan, maar gelukkig had ik een contact in Moskou: Niels. Samen met een vriend van mij had hij Slavische talen gestudeerd in Sint-Petersburg. Nu woont Niels met zijn Nederlandse vrouw in Moskou. Hij reageerde enthousiast op mijn voorstel en raadde me een boek aan van historicus John Keegan, *The Face of Battle*. Hierin onderzoekt de auteur hoe een gewone voetsoldaat een slagveld heeft ervaren in de tijd van Napoleon, onder andere op basis van ooggetuigenverslagen.

De hoogmoedige veldtocht naar Rusland die Napoleon in 1812 onderneemt, luidt in meerdere opzichten zijn uiteindelijke ondergang in, zowel persoonlijk als politiek. Persoonlijk, omdat zijn grootheidswaan zorgelijke vormen begint aan te nemen. (Al kunnen we dit sinds Trump president is enigszins relativeren.) Naar adviseurs luistert Napoleon niet meer. En omdat hij zich onoverwinnelijk voelt, laat hij datgene waar hij juist in uitblonk – zijn strategische vernuft – meer en meer varen. Bij veldslagen stuurt hij zijn manschappen zonder duidelijke tactiek rücksichtslos naar voren. En politiek luidt het zijn ondergang in omdat hij de desastreuze verliezen van deze veldtocht nooit meer te boven zal komen.

Maar als Napoleon hier als verliezer uit de bus komt, dan geldt dat nog veel meer voor de honderdduizenden mannen die hij meesleurt in zijn ondergang. Zeshonderdduizend om meer precies te zijn, onder wie ook ongeveer twintigduizend Nederlanders, die inmiddels onderdaan waren geworden van het Franse keizerrijk.

Door de jaren heen heb ik mezelf leren kennen als iemand met een lage pijngrens. Of misschien kan ik beter zeggen: iemand met een hoge comfortgevoeligheid. Vermoedelijk heeft mijn lichaamsbouw ermee te maken. Mijn lengte en bolle bovenrug maken dat ik zelden lekker zit. Als ik naar een theatervoorstelling of film ga, gaat een deel van mijn aandacht altijd op aan het ongemak van het zitten, de pijn in mijn rug, en aan het feit dat ik om de paar minuten moet verschuiven om een betere houding te vinden. Deze kleine ongemakken maken dat ik vaak maar voor de helft van iets geniet, een vrij treurig besef.

Toch vraag ik me ook weleens af in hoeverre ik me niet gewoon aanstel. Dat vroeg ik me met name af toen ik dat boek van John Keegan las. Het is mogelijk dat mensen toen gewoon meer gewend waren dan nu. En zelfs voor de huidige tijd kan ik me, levend in een rijk, westers land, met een riant inkomen, een uitzonderlijke mate van comfort permitteren, tot op maat gemaakte meubels en ergonomische inlegzooltjes aan toe. Hoe dan ook zou het mij bijzonder slecht uitkomen als ik met mijn standaard van comfort zou worden teruggestuurd naar de tijd van Napoleon.

Ik heb het even opgezocht op Google Maps: als ik in die tijd was geboren en een lot als voetsoldaat had moeten ondergaan, dan had ik 2287 kilometer moeten lopen naar Borodino. Dit komt neer op zo'n 464 uur lopen. Dat is bijna twaalf weken marcheren! (Ik ben even uitgegaan van een veertigurige werkweek, waarbij ik me realiseer dat dit ver voor de tijd van sterke vakbonden was.) Die afstand heb ik met het vliegtuig afgelegd in drie uur. Al moet ik hier wel bij zeggen dat ik niet te spreken was over het vliegtuigvoedsel.

Degenen te paard waren wat dat betreft misschien iets beter af, al is 2287 kilometer op een paard ook nog een behoorlijk eind. Bovendien deden ze er even lang over als de voetsoldaten, omdat ze als leger bij elkaar moesten blijven. Misschien dat ze een klein stukje voor de voetsoldaten uit gingen om hen niet constant in te wrijven dat ze ook op een paard hadden kunnen zitten, maar ze moesten wel in de buurt blijven. Want het kan natuurlijk niet zo zijn dat de mannen te paard al bij het vijandelijke leger aankwamen en tegen hen zeiden: 'Jongens, vinden jullie het goed om eerst nog even te wachten op de rest? Die zijn met de benenwagen. Ik vermoed dat ze hier wel over drie weken zullen zijn.'

Niels en ik hadden afgesproken op het treinstation. Precies op tijd kwam hij aanlopen met een grote beker Starbucks-koffie.

Twee uur lang bracht een boemeltreintje met ongenadige houten bankjes ons naar Borodino, terwijl Niels en ik kletsten over de militaire realiteit van 1800, en ik me verbaasde over de verkopers die langskwamen en ons aanboden: waslijnen, posters van het universum en allerlei objecten waarvan ik in de verste verte niet kon raden hoe ze van pas zouden kunnen komen.

De aankomst op het station was ontnuchterend. We waren buiten de beschaafde wereld aanbeland. Enkel een paar vervallen huizen stonden nog ongewillig overeind. Navraag leerde dat we nog een uur moesten lopen om bij het slagveld te komen. Bij iets wat ik niet anders kan omschrijven dan een krot, sloegen we flesjes water in en wat snacks. Na iets minder dan een uur lopen over een zandpad, geflankeerd door vervallen houten huizen, bereikten we eindelijk het slagveld van Borodino.

Ik realiseerde me dat het de eerste keer was dat ik de grond van een veldslag bezocht, want ik bleef maar denken: Het is gewoon een enorm grasveld. Al weet ik ook niet goed wat ik anders had verwacht.

De kale groene vlakte leek de volstrekte zinloosheid van de bloedige strijd bloot te leggen. In de verste verte was hier helemaal niks te zien wat het waard is om voor te vechten. Ik besefte: het maakte deze slag tot een volledig menselijke aangelegenheid, er was niks om naar te wijzen, niks om ons achter te verschuilen als ons zou worden gevraagd waarom we elkaar dit aandeden. En toch hebben duizenden mannen elkaar hier getroffen, opgedeeld in een kamp van blauwe uniformen en een kamp van groene uniformen. Als buitenaardse wezens het tafereel hadden aanschouwd, dan hadden ze mogelijk gedacht dat de mannen elkaar bestrijden omdat ze een andere lievelingskleur hebben.

En misschien is de absurditeit nog wel groter dan een buitenaards wezen zou kunnen vermoeden. Je kunt moeilijk zeggen dat deze mannen vochten voor een ideaal of een overtuiging, zelfs niet voor hun eigen land! In 1812 viel zo'n beetje heel Europa onder het bewind van het Franse keizerrijk, dus het merendeel van de soldaten dat moest opdraven voor Napoleons megalomane veroveringsdrift, was niet eens Frans. De Grande Armée bestond onder meer uit Duitsers, Italianen, Polen, Kroaten, Hongaren, Zwitsers, Vlamingen en duizenden Nederlanders dus. Er waren zelfs tweeduizend Portugezen mee, over ver lopen gesproken. Deze mannen waren mee omdat ze geen andere keus hadden.

Of nou ja, er waren wel mannen die hun voortanden uittrokken, die ze nodig hadden om de zakjes buskruit open te scheuren, om op die manier aan de dienstplicht te ontkomen. Maar als ik kon kiezen: of naar Rusland lopen of mijn voortanden uittrekken, dan zou ik vermoedelijk toch het eerste kiezen. Waarschijnlijk om halverwege de lange tocht te denken: Had ik nou toch maar m'n voortanden uitgetrokken. Maar ja, nu heeft het geen zin meer, ik ben nu al op de helft.

Van Napoleons Verlichtingsidealen was tegen deze tijd ook vrijwel niks meer over. In de Franse koloniën heeft hij de slavernij weer ingevoerd die met de Revolutie was afgeschaft; het revolutionaire strijdlied, de 'Marseillaise', heeft hij verboden; hij heeft een wet aangenomen waarmee de joden opnieuw gediscrimineerd werden. En zelfs als er nog Franse soldaten waren die overtuigd waren van Napoleons idealisme, dan nog betwijfel ik of ze bereid waren om er duizenden kilometers voor van huis te gaan.

Met andere woorden: deze mannen hadden nog meer voor een overtuiging op het slagveld van Borodino gestaan als ze inderdaad hadden gevochten voor hun lievelingskleur.

Van de 600.000 soldaten die aan de Russische veldtocht beginnen, komt ongeveer 1 procent heelhuids terug. En van de 20.000 Nederlandse soldaten slechts enkele honderden.

Toen Niels en ik een stuk verder liepen langs de weg die door het immense grasveld sneed, bleken we geluk te hebben. Naast het museumpje dat aan de veldslag was gewijd, hesen in de berm een stel mannen zich in napoleontische uniformen. Ze zouden een veldslag naspelen, inclusief paarden en kanonnen. We vielen met onze neus in de boter.

Er was nog meer publiek op afgekomen. Uit een aantal schoolbussen kwamen jongens en een paar meisjes van een jaar of veertien, vijftien, die een militair camouflagepak droegen. Toevallig had ik hierover in *de Volkskrant* gelezen. Ik heb het net even teruggezocht. Het stond in een artikel op 24 mei 2016: 'Rusland gaat jeugdbrigades oprichten waar schoolkinderen worden onderwezen in het omgaan met wapens, militaire geschiedenis en oorlogstactieken. Volgens president Poetin moet de militair-patriottische opvoeding een "integraal deel" van het maatschappelijk leven in Rusland worden.'

Vermoedelijk was het bijwonen van deze nagespeelde veldslag van Borodino een uitje van deze 'Joenarmija' (Het Jonge Leger).

De voorbereidingen leken nog even te duren. Terwijl Niels blij als een kind foto's maakte van de acteurs, liep ik naar een kolossaal monument boven op een heuveltje. Op een marmeren kolos stond onder andere vermeld uit hoeveel soldaten het Franse respectievelijk Russische leger bij Borodino bestond, en ook het aantal slachtoffers dat aan beide kanten was gevallen. Het monument vermeldde, compleet strijdig met de waarheid, een groter slachtofferaantal aan de Franse zijde dan aan de Russische.

Ik vond dit zo ontzettend kinderachtig. De moed zonk me op dat moment in de schoenen. En het maakte me boos.

Als Borodino in mijn ogen ergens voor stond, dat was dat de volstrekte zinloosheid van oorlog. Maar dit kolossale monument vierde Borodino als onderdeel van een verhaal over de Russische onoverwinnelijkheid. Twintig meter verderop zag ik jongens en meisjes in militaire outfits, die dit verhaal van jongs af aan in hun geheugen gegrift kregen. Met valse cijfers en zonder toegang tot een alternatief verhaal. De kloof tussen mij en die tieners verderop in het gras voelde zo oneindig groot. Zelfs al was ik de taal machtig geweest, dan nog was er geen manier geweest om ze uit te leggen waar Borodino in mijn ogen voor stond. Ik zou ze willen overtuigen dat een gesneuvelde aan Russische kant niet minder tragisch is geweest, en niet heroïscher, dan een gesneuvelde aan de Franse kant. Dat er een les te leren is die voor ons allebei vooruitgang zou betekenen. Maar met zoiets zou ik alleen maar de grootsheid van Rusland ontkennen.

Een verpletterend gevoel van hopeloosheid overkwam me, daar in het decor van een historische moordpartij, tussen Russische kinderen in legeruniformen.

Na de re-enactment van de veldslag, waarbij ik teerhartig met mijn oren dicht zat omdat ik de kanonnen te hard vond knallen, bracht een Ubertaxi ons naar een treinstation in een klein stadje. Niels vond twee uur terug in de trein saai, dus was hij van mening dat we het maar op een zuipen moesten zetten. Zelf drink ik zelden, maar ik kreeg de indruk dat zuipen in de trein een Russische traditie was, dus die ervaring wilde ik mezelf niet ontzeggen. Cultuur proeven, noem je dat. We liepen een slijterij binnen dicht bij het station, al was 'slijterij' een veel te chic woord, aangezien het was gebouwd van golfplaten en het bier werd getapt in hergebruikte colaflessen. Waar die flessen vandaan kwamen weet ik niet, want op basis van de clientèle zou ik niet zeggen dat de cola hier gretig aftrek vond.

Hoe dan ook vond ik de traditie een geslaagde. Het maakte de terugreis inderdaad een stuk aangenamer. Totdat er conducteurs binnenkwamen, die in Rusland ongeveer hetzelfde zijn uitgerust als militairen – inclusief machinegeweren – en Niels ineens met een bezorgde uitdrukking zei: 'O, ik denk eigenlijk niet dat dit mag.

Snel, stop de fles onder je bankje.'

De militaire conducteur naderde ons, zijn blik viel meteen op de flessen onder het bankje, en bekeek uitvoerig onze vervoersbewijzen, voor mijn gevoel veel langer dan bij anderen.

Waar ik dacht een Russische traditie te vieren, bleek het gewoon een dwaas idee te zijn van een Nederlandse mafketel door wie ik mezelf nu in een Russische gevangenis zag belanden, en daar met vage bureaucratische redenen zou worden gehouden als wraak op de beschuldigingen van de MH17, en ik tussen de seriemoordenaars op mijn blote knieën mocht bidden dat Mark Rutte mijn gevangenschap bij Poetin zou aansnijden tijdens zijn volgende officiële bezoek.

Uiteindelijk gaf de conducteur onze kaartjes terug en zei iets met een strenge blik.

'Wat zei hij?' vroeg ik toen hij verder was gelopen.

'Proost,' grijnsde Niels.

* * *

Mijn meest bijzondere ervaring tijdens deze reis was in een armoedig bejaardentehuis twee uur buiten Moskou, waar ik vrijwilligerswerk heb gedaan. Ik hoor je meteen denken: Tim, je bent een held, maar tijdens je vakantie mag je ook weleens uitrusten. Ik kan het niet helpen, mijn tomeloze neiging tot filantropie vindt altijd weer een uitweg.

Alle gekheid op een stokje, ik was daar als volgt beland. Niels is werkzaam voor een Nederlandse instantie die Russische studenten rekruteert om in Nederland te studeren. Eens in de zoveel tijd gaat hij samen met een aantal van die Russische alumni naar een bejaardentehuis om vrijwilligerswerk te doen. Hij nodigde me uit om mee te gaan, zodat ik iets anders zag van

Rusland dan alleen het rijke en moderne Moskou. Die uitnodiging aanvaardde ik met graagte.

Ik heb daar een bijzondere ontmoeting gehad met een eenennegentigjarige vrouw, Ljoebov. Sowieso was het bezoek een ervaring die me veel heeft geleerd. In het decor van een bejaardentehuis valt namelijk alle trots weg; wat overblijft is de mens in al zijn kwetsbaarheid, zijn weerloosheid tegenover de aftakeling. En hoewel het iets is wat ik van tevoren misschien had kunnen bedenken, stond ik ervan versteld hoezeer de ouderdom daar lijkt op de ouderdom hier. De rimpels, de dunne, bijna transparante huid die de poreuze aders blootlegt, het geheugenverlies, de incontinentie, het verzwakte stemgeluid. Daar waar het verval en de gebrekkigheid onmogelijk nog verborgen konden worden, daar zag ik eindelijk niet meer de Ander, maar mijn medemens. Dit mag misschien als een sprankje hoop gelden.

Over mijn bezoek aan het bejaardentehuis zal ik hier niet te veel uitweiden. Vast en zeker ga ik erover vertellen in mijn voorstelling, en deze brief is eigenlijk al te lang. Ik wil je alleen nog vertellen over iets wat eraan voorafging, en wat eigenlijk haaks staat op deze hoop.

Om 6.45 uur kwam Niels me ophalen bij mijn hotel, samen gingen we richting het treinstation. Daar ontmoetten we Almira en Oleysa, twee aardige meiden van mijn leeftijd. Oleysa had een zomercursus Nederlands gedaan in Amsterdam, Almira had een jaar rechten gestudeerd in Leiden. Oleysa leek verlegen en zei niet veel. Almira daarentegen, een klein meisje met donker haar, was extravert en goedlachs. Met haar had ik meteen een klik, of zoals de Engelsen zeggen: *chemistry*. Dat heb ik niet vaak bij vrouwen, chemistry, tenzij ik daadwerkelijk iets chemisch in hun drankje doe.

In de trein bracht ik het gesprek op iets wat me een licht, amusant onderwerp leek: de vermeende bijgelovigheid van de Rus. Zo had ik gehoord dat Russen niet fluiten omdat ze geloven dat het financieel onheil brengt. En ze schudden niet de hand in de deuropening, want ook dat brengt ongeluk. Wij hebben ook dat soort ideeën in onze cultuur: dat je niet onder een ladder door moet lopen, of dat als je iemand niet aankijkt tijdens het proosten je zeven jaar slechte seks hebt. Het enige verschil is dat wij die dingen niet echt geloven. Zo was mijn inschatting dat deze twee universitair geschoolde meiden daar met dezelfde ironische distantie naar keken. Almira en Oleysa reageerden echter vrij ernstig. In Rusland, zo beaamde ook Niels, tart niemand het noodlot door toch te fluiten of een hand te schudden in de deuropening. En als je wel fluit, zal iemand je meteen waarschuwen om dat niet te doen, ter bescherming van jezelf. Ergens ook wel aardig.

Ik stelde een paar speelse maar kritische vragen en het gesprek eindigde wat ongemakkelijk. Ik voelde me ineens de arrogante westerling die neerkeek op de primitieve Russische bijgelovigheid. En ik probeer juist altijd respect op te brengen voor andermans wereldbeeld – een wereldbeeld komt namelijk altijd ergens vandaan, dat kun je op zijn minst proberen te begrijpen – maar in dit geval kon ik niet de woorden vinden om dat respect uit te drukken. Waarschijnlijk omdat ik bijgelovigheid inderdaad primitief vond en niet begreep waarom twee hoogopgeleiden dit soort ideeën onderschrijven.

Door al ons geklets hadden we niet goed opgelet en zo ontdekten we tot onze schrik dat we er bij het vorige station uit hadden gemoeten. We stapten uit bij het eerstvolgende station dat midden in een moerasachtig bos leek te staan. De enige bebouwing was een verlaten stationshuis dat stond te verrotten. Verder liep er een pad van houten vlonders het bos in. We hadden een probleem. Want de trein de andere kant op kwam pas over twee uur. Niels opperde om een van de andere vrijwilligsters te bellen – die was met de auto naar het bejaardenhuis gegaan – om te vragen of die ons kon komen ophalen. Daar waren twee problemen mee. Ten eerste wisten we niet of er een autoweg in de buurt was waar we naartoe konden komen. En ten tweede hadden we hier überhaupt geen bereik.

Uiteindelijk kwam de oplossing sneller dan verwacht. Bij gebrek aan een andere optie liepen we over de vlonders het onbestemde bos in. Na niet al te lange tijd kwamen we bij een autoweg, waar we onze duim opstaken om te liften. Binnen een minuut nam een Rus ons mee. Een kwartiertje later zette hij ons af in het stadje. We boden hem wat geld aan, maar de man wilde er niks voor hebben ('*ni nado*'). Ik had hem ingeschat als een jaar of vijfenvijftig, maar nu hij lachte, zag ik dat hij vrijwel geen tand meer in zijn mond had, waardoor hij ineens bejaard leek.

Toen we richting het bejaardenhuis liepen, zei ik tegen Almira dat ik de man toch graag iets had willen geven. Ze zei dat het voor die man een kwestie van eer was. Misschien wat ongevoelig voor dit argument zei ik dat hij me arm leek, omdat hij geen tanden meer had, waaruit ik opmaakte dat hij geen geld had voor de tandarts. Dit schoot Almira in het verkeerde keelgat. Ze vond het beledigend wat ik zei. En ik geef toe, in feite zei ik: 'Eer is leuk en aardig, maar het hoeft een fatsoenlijk gebit niet in de weg te zitten.' Maar om eerlijk te zijn durf ik daar best voor te gaan staan. Al heb ik misschien makkelijk praten: dankzij mijn sportschool heb ik altijd een mondhygiënist bij de hand.

Vijf minuten later deed ik nog iets waarmee ik Almira tegen haar vaderlandslievende haren in streek. We liepen langs een complex van garages. Ik had nog nooit zoiets gezien, het was eigenlijk meer een soort combinatie van garages en een stortplaats met allerlei rommel en karkassen van auto's. Ik maakte er een foto van, en Almira zei dat ze dat niet wilde. Ik vroeg waarom niet.

'Omdat je dat dan aan mensen in Nederland gaat laten zien, en ik niet wil dat mensen dit beeld krijgen van Rusland.'

Behoorlijk geïrriteerd zei ik dat ik niks begreep van dat hele gevoel van 'trots zijn op je land'.

Stomverbaasd bracht ze uit: '*You don't feel patriotic?!*' Alsof ze nog nooit bij die mogelijkheid had stilgestaan.

Ik zei: 'Nee. Voor mij voelt het absurd om trots te zijn op waar ik ben geboren. Als ik in Somalië was geboren, had ik me dan moeten schamen?'

Tot aan het bejaardenhuis zwegen we.

Ik mocht Almira graag, en ik had graag de stilte doorbroken door over iets luchtigers te beginnen, maar het lukte me niet. Nationalisme is een onderwerp, zeker momenteel, dat me aan het hart gaat, en elke keer dat ik eraan denk, raak ik boos en gefrustreerd. En ik zou graag willen denken dat nationalisme een onderontwikkeld fenomeen was, dat alleen nog in onderontwikkelde landen voorkwam. Maar ook in het 'Verlichte' Westen doemt het overal weer op. In Polen en Hongarije zijn conservatief-nationalistische regimes aan de macht, bij de Brexit speelde vaderlandse trots een grote rol, in Amerika is Trump aan de macht met 'America First'.

Laatst zag ik bij het *EenVandaag*-opiniepanel dat er onder 30.000 mensen was gepeild of ze trots waren op Nederland. Maar liefst 81 procent beantwoordde die vraag instemmend. Gevraagd naar waar zij dan specifiek trots op waren, waren de meestgenoemde antwoorden: 'onze vrijheid', 'onze welvaart', 'onze rijke historie', 'tolerantie', 'het poldermodel', 'handelsgeest' en 'dat we als klein land grote daden hebben verricht'.

Volgens mij heb ik hier in een andere brief al eens over geschreven, maar als het aankomt op onze identiteit

– en dus ook onze *sociale* identiteit, in dit geval ons Nederlanderschap – dan laten wij alle redelijkheid varen. Dan gaan we ineens heel selectief met de feiten om: we herinneren ineens al onze prestaties en redeneren alle schaamtevolle dingen weg. Want tegenover de Nederlandse tolerantie, handelsgeest en ons poldermodel kun je natuurlijk evengoed een rijtje plaatsen van wandaden in Indonesië, het slavernijverleden en alle tv-programma's voortgebracht door John de Mol.

Maar opmerkelijker: in het geval van onze groepsidentiteit eigenen we ons prestaties toe waar we zelf helemaal niet aan hebben bijgedragen. Dit is een bekend sociaalpsychologisch fenomeen genaamd *basking in reflected glory*, wat vertaald zoiets betekent als 'pronken met andermans veren'. Want zelfs als je over Nederland alleen maar positieve dingen zou zeggen, over onze vrijheid, onze welvaart, onze rijke historie, waarom zou *trots* dan een gepaste houding zijn? Zouden we niet eerder *dankbaar* moeten zijn dat we in een land zijn geboren met zo'n enorme vrijheid en welvaart?

Mensen hebben niet alleen een neiging tot egocentrisme, maar ook tot etnocentrisme: om de groep waar we ons mee identificeren in het middelpunt te plaatsen en als superieur te zien. Het lijkt een universele constante te zijn dat we mensen indelen in enerzijds een *in-groep*, oftewel de mensen met wie we ons identificeren, en anderzijds een *uit-groep*, de mensen die wat ons betreft de tyfus kunnen krijgen (of meer wetenschappelijk uitgedrukt: de mensen met wie we ons niet identificeren). Het is een stevig ingebakken neurologische reflex. We hebben talloze groepsidentiteiten, en afhankelijk van de situatie worden ze actief, bijvoorbeeld op basis van nationaliteit, gender, politieke affiniteit, religie, woonplaats – of zoals ik de laatste tijd in mijn omgeving merk, of je wel of niet *Wie is de Mol* kijkt. (Ik heb me hierdoor al meermaals buitengesloten gevoeld. Dus wat ik nu doe: gewoon vrolijk meepraten alsof ik het ook kijk, door te herhalen wat ik in andere gesprekken heb opgevangen. Vaak hebben ze niks door en dan denk ik: Als je niet eens doorhebt dat ik jullie compleet voor de gek houd, hoe hoop je dan te gaan raden wie de Mol is? Stumpers.)

Etnocentrisme gaat vaak gepaard met een onrealistisch positief zelfbeeld van onze eigen groep, voedt negatieve vooroordelen over de andere groep, leidt tot xenofobie en zelfs tot geweld. Laten we elkaar geen mietje noemen: de grootste morele catastrofes zijn aan etnocentrisme te wijten. (Ik weet nooit zeker of ik die uitdrukking goed gebruik, maar laten we elkaar geen mietje noemen.)

Waarom maken we zo'n scherp onderscheid tussen 'wij' en 'zij'? De evolutie biedt een plausibele verklaring: tijdens het overgrote deel van de menselijke evolutie leefden mensen in groepen van zo'n honderd tot tweehonderd leden als jagers en verzamelaars. (Verzamelaars van noten en fruit voornamelijk; het verzamelen van postzegels, voetbalplaatjes en elpees kwam pas later. Elpees overigens niet heel veel later.) Voor het overleven van de stam was hechte samenwerking van cruciaal belang, vooral in situaties dat er met andere stammen gewedijverd moest worden over schaarse hulpbronnen zoals water, mammoeten en ongezouten macadamianootjes (gezouten waren vermoedelijk nog schaarser). De loyaliteit aan je eigen groep was dus vaak een kwestie van leven en dood, vandaar dat de evolutie ons daarop geselecteerd heeft.

Onze neiging om de wereld te verdelen in 'onze' stam en een andere, vijandige stam is zo diep in ons ingegraveerd dat we weinig nodig hebben om mensen te verdelen tussen 'wij' en 'zij'; er hoeft niet eens een wezenlijke eigenschap aan ten grondslag te liggen. In de zomer van 1954 vond een beroemd veldexperiment plaats in Robbers Cave, Oklahoma. Tweeëntwintig elfjarige jongens werden per bus naar een zomerkamp gebracht. De jongens, die elkaar nooit eerder hadden ontmoet, werden willekeurig ingedeeld in twee groepen. Ze arriveerden in aparte bussen en de eerste week deden ze enkel activiteiten met hun eigen groep, waarna ze werden aangemoedigd een groepsnaam te kiezen. De ene groep koos de naam de 'Rattlers' en de andere de 'Eagles'. De tweede week werden ze met elkaar in contact gebracht door middel van competitieve activiteiten, zoals sportwedstrijdjes. Binnen de kortste keren escaleerde dit in vijandigheid, ook buiten het sportveld, inclusief scheld- en knokpartijen, voedselgevechten in de kantine, plunderingen in het andere kamp, en al snel wilden de groepen niet meer met elkaar in dezelfde ruimte zijn, zelfs niet als dat betekende dat ze een plezierige activiteit moesten opgeven, zoals een film kijken. En nota bene: de jongens waren willekeurig ingedeeld in twee groepen, ze hadden niets wezenlijks met elkaar gemeen.

Een beetje zoals mensen willekeurig worden ingedeeld in een land en vervolgens gaan denken dat mensen van een ander land inferieure wezens zijn.

En het gaat mij er niet om dat vaderlandse trots irrationeel is. Het gaat me er vooral om dat het een irrationaliteit is die we ons in deze tijd niet meer kunnen permitteren. Dit gaat voor mij over niks minder dan het verschil tussen barbarij en beschaving. Duizenden jaren was een sterk stammeninstinct noodzakelijk om te overleven. Maar in een tijd waarin de wereld vervlochten is, waarin de meest fundamentele problemen stamoverstijgend zijn en de mensheid als geheel aangaan, is het volgens mij omgekeerd: nu moeten we ons stammeninstinct *overkomen* om te kunnen overleven.

Ik had gewild dat ik zoiets had kunnen zeggen tegen Almira, maar m'n emoties stonden me te veel in de weg. En bovendien had ik mijn studieboeken even niet bij de hand.

***

Van tevoren had ik gehoopt dat door mijn reis het beeld van de Rus als het vreemde, het vijandige, het beangstigende zou wegvallen. In zekere zin was dat zo. Ik ben bijvoorbeeld iets gaan begrijpen van waarom vrijwel niemand uitgesproken negatief was over Stalin. De gids van de fietstour die ik deed in Moskou, Vladimir, een jongen van een jaar of dertig en universitair opgeleid, legde me uit: Stalin heeft inderdaad vreselijke dingen begaan. Miljoenen mensen zijn onder zijn bewind omgekomen. Maar tegelijkertijd is hij voor hen de man die de oorlog van de Duitsers heeft gewonnen, de Russische atoombom heeft ontwikkeld, en van een boerensamenleving een industriële grootmacht heeft gemaakt.

Ik kon die worsteling met het verleden eigenlijk best goed invoelen. Hebben wij niet ook onze worstelingen met het verleden? Neem de Tweede Wereldoorlog, die voor ons de ultieme mythe is geworden over goed en kwaad, oftewel 'wij', de rechtschapen geallieerden, tegen de kwaadaardige nazi's. Het zou goed kunnen dat we zo'n mythe nodig hebben als moreel anker, maar het blijft een mythe. Alles wat er niet gemakkelijk in past, laten we achterwege. Bijvoorbeeld dat ook geallieerde soldaten zich schuldig maakten aan plunderingen en verkrachtingen. Of het feit dat wij de overwinning mede te danken hebben aan diezelfde Josef Stalin, een man die ondanks zijn prestaties wreed en kwaadaardig was.

Het verhaal dat wij leren is dat de oorlog is gewonnen dankzij de landing van Amerikaanse, Britse, Canadese en

Franse soldaten in Normandië. Maar vanaf juni 1941, toen Stalin werd overrompeld door de inval van Hitler, tot aan D-Day in juni 1944, stonden de Russen er min of meer alleen voor. Ik las dat als je de oorlog aan het Oostfront zou isoleren, dat het dan alsnog de grootste oorlog zou zijn in de hele geschiedenis. Ter illustratie: het aantal Amerikaanse soldaten dat tijdens de Tweede Wereldoorlog is gesneuveld, is 400.000. Het aantal Russische bijna 10 miljoen. En van de Duitse soldaten zijn ongeveer vier op de vijf slachtoffers gevallen aan het Oostfront.

Voor de kolossale, waarschijnlijk doorslaggevende rol van de Russen is in het Westen maar weinig erkenning. Blijkbaar zit het ons niet helemaal lekker dat wij onze vrijheid mede te danken hebben aan een paranoïde massamoordenaar. Het past niet in de mythe van 'wij', de geallieerden, als representanten van het Goede.

Ook ben ik beter gaan begrijpen waarom de steun voor Poetin zo massaal is. Natuurlijk is het een uitgekookte politicus, die zijn volk op allerlei manieren manipuleert, bijvoorbeeld door via de staatsmedia een beeld te scheppen van 'het Westen tegen ons' en zo het etnocentrisme nog even verder aanwakkert. Dat wil ik allemaal niet ontkennen. Maar vanuit het perspectief van de Russische burgers ben ik me gaan realiseren dat Rusland onder Poetin eindelijk eens (intern) stabiel is. Tijdens de fietstour leidde Vladimir ons langs het voormalige parlementsgebouw. De fietsgids vertelde dat hij als klein jongetje vanuit zijn eigen flat heeft gezien hoe tanks het parlementsgebouw beschoten, toen in 1993 een aantal parlementsleden in opstand kwam tegen Boris Jeltsin en er bloedige straatgevechten uitbraken. In reactie greep Jeltsin naar militaire middelen. Voor ons is zoiets onvoorstelbaar, dat onze eigen tanks het Binnenhof aan puin schieten. Dat is echt wel even andere koek dan 'een moeizaam formatieproces'.

Als zulke dingen nog vers in het geheugen liggen van het volk, dan doe je het als politiek leider waarschijnlijk al snel heel aardig.

En los van de dingen die ik beter ben gaan begrijpen, heb ik ook een aantal zeer vriendelijke Russen ontmoet. Er was niet alleen de oude man die ons een lift gaf en daar niks voor wilde hebben; er was bijvoorbeeld nog de lieve, oude Ljoebov in het bejaardentehuis die liefkozend mijn hand streelde, terwijl ik naast haar op bed zat. En hoewel we maar moeizaam woorden konden uitwisselen – Niels fungeerde een beetje als tolk – voelde ik op dat moment toch een gevoel van verbondenheid. Na een tijdje pakte ze mijn bril van mijn hoofd en legde hem op haar nachtkastje. Ze zei iets in het Russisch, en ik keek Niels vragend aan. Hij vertaalde: 'Ze is vroeger opticien geweest. Ze vindt dat je je ogen even wat rust moet gunnen.' Ik vond dat zo vertederend, hoe een hoogbejaarde vrouw in enkel een T-shirt en een luier zich over mijn welzijn bekommerde. Een ander zou wellicht spreken van een sterk staaltje zelfmisleiding, maar ik vond het vertederend.

Maar helaas leek de Rus op veel andere momenten oneindig ver van mij verwijderd: het moment dat de taxichauffeur Obama's leiderschapscompetentie afmat aan zijn spiermassa; bij het vervalste monument van Borodino, waar ik omringd was door kinderen gekleed als soldaten; en de honderden keren dat de Russische nationale trots me in het gezicht werd gewreven en ik in de positie van buitenstaander werd gedwongen; het feit dat die trots zelfs tussen mij en Almira in stond, een intelligente, lieve vrouw die ik in elk ander opzicht zo graag mocht.

En als ik denk aan hoe ver de mensheid nog verwijderd is van universele broederschap, van het ideaal dat de mens in ieder ander zijn medemens ziet, een ideaal dat ik nog altijd ten diepste koester, dan is er één ding dat me nog het meest somber stemt: dat al die dingen die ons mensen uit elkaar drijven, die ons de ander laten haten, dat die zo menselijk, al te menselijk zijn.

Stay strong and keep loving,
Tim

10.

Brief uit Bonn, waarin Tim een verband ontdekt tussen filosofie en eenzaamheid

BONN, *18 september 2017*

Beste Koos,

Dit keer schrijf ik je vanuit Bonn, en ik ben in een melancholieke stemming. De reden is simpel: de eenzaamheid bevalt me niet meer.

Mijn trip was maar kort. Het reisschema was als volgt: afgelopen zaterdag vertrek naar Frankfurt. Maandag (vandaag) de trein van Frankfurt naar Bonn, waar ik één nacht verblijf. Al met al een kleine vier dagen, drie nachtjes. Eigenlijk zou ik morgen aan het begin van de avond de trein terug nemen, maar ik heb net de NS gebeld om mijn ticket om te boeken naar 12.00 uur. Ik weet niet wat ik hier anders nog de hele dag moet doen in mijn eentje.

De reis begon al belabberd. Op station Amsterdam-Zuid kwam ik erachter dat er een trein naar Utrecht was uitgevallen; dat was de trein die ik moest hebben, wilde ik mijn aansluiting naar Frankfurt halen. De enige optie was om naar Utrecht te gaan per taxi. Ik heb het gehaald, maar het voelde als een valse start. En de taxi naar Utrecht was duurder dan de eerste klas naar Frankfurt.

Eigenlijk zag ik dit keer van tevoren al op tegen het alleen-zijn. Al formuleerde ik het eerst nog voor mezelf in positieve termen: 'Het lijkt me leuk om wat mensen te ontmoeten als ik daar ben.' Ik wist ook precies hoe ik dat ging doen: Tinder. Je zal er vast over gehoord hebben, een dating-app. Het is een beetje de McDonald's onder het daten. Maar ik wist zo gauw geen andere methode om mensen te ontmoeten, anders dan vreemde mensen aanspreken, waarvoor ik het benodigde zelfvertrouwen mis. Misschien is het niet eens een gebrek aan zelfvertrouwen, als wel de angst dat mensen denken: Waarom begint deze trieste weirdo ineens tegen me aan te praten? (Nu ik het zo opschrijf, komt dit misschien toch neer op een gebrek aan zelfvertrouwen. De woorden 'trieste weirdo' geven een hoop weg.)

Het aanmaken van een Tinder-profiel en het vinden van de juiste foto's voor op het profiel heeft me zeker twee uur gekost. Aan de hand van je locatie zoekt Tinder naar vrouwen in de buurt, dus zodra de trein Frankfurt naderde, ging ik gretig van start. Ik was niet zozeer op zoek naar liefde of seks, eerder naar gezelschap, naar iemand met wie ik gezellig kon kletsen in een restaurant of een bar; kon ik ook mooi een beetje mijn Duits oefenen. Frankfurt én Bonn zijn universiteitssteden, dus het leek me niet zo moeilijk om een leuke, interessante meid te vinden.

Dat viel tegen. Ik denk dat ik in het begin te kritisch ben geweest, want na ongeveer een uur heen en weer te hebben geswipet, waren er misschien wel vijfhonderd vrouwen de revue gepasseerd, en had ik er maar drie geliket. Dit had te maken met meerdere factoren. Ten eerste speelde mijn bindingsangst op: wat als ze toch niet leuk is, hoe kom ik er dan weer van af? Nu zie ik dat het een megalomane gedachte is, maar ik was bang dat ik met het kiezen van 'like' misschien allerlei vrouwen valse hoop zou geven.

Hoe dan ook, na ongeveer vijfhonderd vrouwen te hebben beoordeeld, kreeg ik de melding dat de vrouwen op waren. Niet letterlijk, maar daar kwam het op neer.

Voor die eerste avond had ik gelukkig van tevoren gezelschap geregeld. Een vriend van een goede vriend woont in Frankfurt. Op een feestje had ik hem een keer ontmoet, Christaan heet-ie. Om eerlijk te zijn was ik toen niet bijzonder van hem gecharmeerd. Hij sprak te lang over zijn schrijverscarrière die maar niet van de grond wilde komen. En vervelender, toen we in een groepje een gesprek voerden over de filosoof Schopenhauer, en Christiaan niet goed mee kon komen met de rest, merkte ik dat hij op een bepaald moment het onderwerp stiekem naar Kierkegaard verlegde, zogenaamd omdat Kierkegaard iets zinnigers te zeggen had, maar eigenlijk omdat dat een filosoof was waar hij toevallig wél iets van wist. Daar ging ik die gluiperd niet mee laten wegkomen, dus verlegde ik behendig het onderwerp weer terug naar Schopenhauer. (Ook omdat ik weinig weet van Kierkegaard.) Mijn eerste indruk van hem was dus niet bepaald positief. Maar nu ik moederziel alleen in Frankfurt was, was ik dankbaar dat überhaupt iemand me van mijn eenzaamheid wilde verlossen.

We hadden om zeven uur afgesproken om samen te eten. Ik besloot om eerst – het was een uur of vier – een stuk te gaan wandelen, de stad een beetje te verkennen. Ik kwam erachter dat de buurt waar mijn hotel gelegen was het sociale afvoerputje bleek te zijn. Met seksclubs, tatoeageshops en ongure types die voor bars van twijfelachtig allooi hingen. Ook stikte het van de bedelaars, die wellicht waren afgekomen op Frankfurt als 'het financiële hart van Europa' en niet wisten dat de meeste geldstromen tegenwoordig digitaal zijn. (Christiaan bevestigde mijn indruk en vertelde later dat zijn tandarts hier in de buurt zat, en dat hij altijd zorgde dat hij hier nooit liep als het donker was. Lekker dan, want ik moest die avond door het donker terug.)

Terwijl ik in mijn eentje door de zielloze winkelstraten van Frankfurt liep, ingeklemd tussen winkels die je in elke grote stad zou kunnen vinden, vroeg ik me af wat ik hier deed. Of althans, dat wist ik wel – ik was hier om een tentoonstelling van vredessymbolen te bezoeken – maar het voelde niet alsof ik wist wat ik hier deed. Ik dacht aan mijn bezoek aan Leipzig, de eerste bestemming waarvandaan ik je een brief stuurde. Ik had het graf van Nietzsche bezocht in het dorpje Röcken, en daarna had ik de taxichauffeur me laten afzetten in het nabijgelegen stadje Naumburg. Daar stond het huis waar Nietzsches moeder de laatste jaren voor hem heeft gezorgd na zijn geestelijke instorting. Het was al donker en het regende toen ik naar het station liep. Onder andere een beeld van een kolossale, uitgelichte kathedraal staat me helder bij. Ook toen had ik me een beetje verloren gevoeld. En toch was het anders dan nu, want bij het beeld van de kathedraal herinner ik me ook een intens gevoel, een gevoel dat zich het best laat beschrijven als 'op mezelf teruggeworpen zijn'. Alsof mijn alleen-zijn, in een vreemde omgeving, me dichter bij de realiteit bracht, een realiteit die niet per se comfortabel was, maar toch dieper, intenser, échter; alsof met het comfort van het bekende ook alle oppervlakkigheid was verdreven en ik kon doordringen tot een of andere essentie; bijna alsof alleen-zijn de enige realiteit wás.

Hoe ver weg leek een dergelijke ervaring nu, terwijl ik rondliep in een miezerend Frankfurt? Het soort alleenzijn dat ik nu ervoer, leek me niks anders te brengen dan oppervlakkig ongenoegen en verveling.

Ik belde Christiaan om te vragen of hij ook al eerder kon afspreken. Dat kon gelukkig.

Volgens de plaatselijke traditie dronken we bier aan een statafel op de stoep. Dat kochten we bij een soort kiosk, genaamd Yok Yok. Ik had trouwens geen bier maar appelwijn, want ik lust geen bier. Appelwijn trouwens ook niet, maar daar kwam ik op dat moment pas achter. Steeds meer mensen verzamelden zich rondom de statafels. We schuilden onder het afdakje van de kiosk, mensen stonden dicht bij elkaar, wat bijdroeg aan de gezelligheid.

Vreemd dat we de regen nodig hebben om zo dicht bij elkaar te staan. Bij bushokjes zie je het ook weleens, dan staan er twintig mensen in een hokje. Vaak denk ik dan: Jongens, waarom gaan we niet gewoon altijd met z'n allen zo gezellig bij elkaar staan? Ook als het niet regent. Maar ik weet zeker dat als ik dat zou voorstellen, ik een of andere malloot lijk bij wie helemaal niemand in een bushokje wil staan. Misschien dat één persoon enthousiast reageert, maar dat is dan waarschijnlijk een gek, bij wie ík dan weer liever niet wil staan. Terwijl ik vast niet de enige ben die het gezellig vindt.

Dat maakt deze situatie wat je in de filosofie noemt: een 'collectief actieprobleem'. Zelfs als iedereen het gezellig zou vinden om met twintig man in een bushokje te staan, dan nog wil je niet de eerste zijn die dicht naast een ander gaat staan. Dat doe je pas als andere mensen het ook doen. Maar omdat iedereen dat denkt, gebeurt er niks. De enige oplossing voor dit collectieve actieprobleem is dus dat het regent.

Op mij en Christaan leek het schuilen onder een afdakje in elk geval een verbroederend effect te hebben. Zo een op een met Christiaan begon ik te denken dat ik misschien een verkeerde indruk van hem had gekregen op dat feestje. Veel mensen nemen in sociale situaties een andere, oneigenlijke rol aan. Dat geldt vermoedelijk ook voor mij. Afhankelijk van de sociale omgeving interesseer ik me dan ineens heel erg voor auto's, wielrennen of rassenleer. (In het laatste geval was ik overduidelijk op het verkeerde feestje.) Dat is niet per se de rol waarin we het best uit de verf komen, ook al denken we meestal zelf van wel.

Na te hebben gegeten bij een Vietnamees restaurant, dronken we een cocktail in een verscholen kelder waar nog gerookt werd. Hier verdiepte het gesprek zich. Zonder dat ik erover begon, hadden we het ineens over alleen zijn en eenzaamheid. Hij vertelde dat hij iemand was die goed alleen kon zijn. Maar alleen zijn was voor hem altijd een keuze, want hij had al elf jaar een relatie. Hij zei: 'Ik vind het heerlijk dat ik 's avonds bij Moniek in bed kan kruipen, dat geeft me heel veel geruststelling, maar dat neemt niet weg dat je, diep in je ziel, volgens mij altijd nog steeds alleen bent.'

Het waren precies de opbeurende woorden die ik op dat moment nodig had.

Opgelucht was ik toen ik rond middernacht veilig mijn hotel had bereikt. Mijn kamer was op de zesde verdieping, en ik besloot de trap te nemen omdat ik een paar dagen niet zou sporten. Hijgend en zwetend opende ik de deur. Het was halfeen en die paar cocktails hadden me moe gemaakt, ik had zin om te slapen. Binnen stopte ik het kaartje in het gleufje om het licht aan te laten gaan. Er gebeurde niks. Ik probeerde het nog een keer, draaide de kaart een paar keer om, maar niks werkte. Ik liep weer zes verdiepingen naar beneden om het mankement aan te geven bij de receptie.

De man van de receptie kwam met me mee naar boven. Hij was een jaar of vijfenveertig, onaantrekkelijk, dikkig, vergevorderd kalend, en bovenal had hij een hoog Duits gehalte. Zwijgend stonden we naast elkaar in de lift. Ik zag zweet op zijn kale hoofd accumuleren; of het van de hitte was of de spanning weet ik niet. Ik vroeg me af wat het levensverhaal was van deze man. Alleenstaand of gescheiden? Gepest op school, aan de drugs geraakt om met zijn onzekerheid om te gaan, en daarom geen opleiding gevolgd? Ontslagen bij een andere baan, en moest hij van zijn vrouw dit werk aannemen? Ik kan moeilijk zeggen waar het precies in zat, maar in alles kreeg ik het gevoel dat hij niet was waar hij had willen zijn op zijn vijfenveertigste: om na middernacht nog met iemand mee te moeten naar z'n kamer omdat het pasje het niet doet. Om eerlijk te zijn bevond ik me op dat moment ook niet waar ik wilde zijn. Toch leek de troost van een omhelzing in die lift – hij vanwege wat er mis was gegaan in zijn leven, ik vanwege mijn eenzaamheid – mijlenver verwijderd.

Vreemd hoe ik de nabijheid van anderen in een bushokje gezellig vind, maar die in een lift altijd hoogst ongemakkelijk. Misschien omdat we in de lift met elkaars luiheid worden geconfronteerd. Wat dat betreft lijkt het op de wachtruimte van een soa-kliniek: iedereen zit er omdat het vlees zwak is, en die gezamenlijke zondigheid doet vermoedelijk iets met de sfeer.

Vervolgens vond er een absurdistische scène plaats. De man begon met proberen wat ik natuurlijk al had geprobeerd. Het pasje een paar keer in de gleuf steken om het licht aan te doen, en vervolgens pogingen wagen met het pasje omgekeerd en omgedraaid, terwijl dat niet zou moeten uitmaken. De absurditeit zat in de tijdsduur waarmee hij het bleef proberen, zeker drie volle minuten. Aan Einstein wordt een citaat toegeschreven dat zoiets luidt als: 'Krankzinnigheid is steeds hetzelfde doen en een andere uitkomst verwachten.' Deze situatie deed me hier nogal sterk aan denken.

En toen kwam er een flikkering van het licht! Heel kort, maar onmiskenbaar.

Dit gaf de receptionist blijkbaar de hoop er nog twee volle minuten mee verder te gaan. Daarmee kwam de teller op een vijf minuten waarin hij het pasje in en uit de gleuf bewoog, en ik ernaast stond. Als mijn Duits goed genoeg was geweest, had ik een grapje kunnen maken om het ongemak te doorbreken, dan had ik in het Duits gezegd: 'Dat hou je wel lang vol.' En dan had hij hem hopelijk ingekopt: '*Das hat mein Weib gestern auch gesagt!*'

Uiteindelijk gaf hij het op, wat betekende dat ik een andere kamer toegewezen zou krijgen. Ik ging met hem mee naar beneden voor een ander pasje, waarna we met z'n tweetjes weer de lift naar mijn oude kamer namen. De grond lag bezaaid met mijn spullen, en ik had die middag alle bonnetjes in mijn portemonnee op het bureau gelegd, om mijn portemonnee wat minder zwaar en dik te maken. Maar nu, midden in de nacht, moest ik alles dus weer inpakken om naar een andere kamer te verhuizen.

In het donker!

Of tenminste, niet helemaal in het donker. De man stond ernaast om me met zijn telefoon bij te schijnen. In alle haast propte ik alles in mijn koffer om dit quasi-intieme moment zo kort mogelijk te laten duren. Maar op een gegeven moment verslapte zijn concentratie en zat ik in het donker. Hij keek naar buiten en zei, in het Duits: 'Wat een mooi uitzicht heb je vanaf hier.'

En ik dacht: Luister, vriend, even concentreren nu, ik zie zo geen steek. Dit lijkt me niet het moment om van het uitzicht te genieten. En sowieso raar om het uitzicht van deze kamer te becomplimenteren als ik naar een andere moet. (Die trouwens ook nog eens drie verdiepingen lager bleek te zijn!) En hij zei het ook alsof hij het voor het eerst zag. Had hij geen rondleiding gekregen toen hij hier werd aangenomen of zo?

Maar misschien was dit ook gewoon zijn manier om iets van het ongemak te verlichten.

Hegel zei ooit: 'Alleen vanaf de toppen van een eindeloos goed humeur kun je beneden in de diepte de eeuwige domheid van de mensen observeren en erom lachen.' Een prachtig citaat. Als ik jou was, zou ik het nog een keer lezen.

Als het zo is dat er geen hoger doel bestaat, geen verlossing mogelijk is, en alle ellende van de wereld dus tragisch genoeg voor niks zal zijn, dan is een eindeloos goed humeur misschien wel het hoogste goed.

Zonder goed humeur worden kleine tegenslagen en ongemakken ineens moeilijk te verdragen. Een lange treinreis bijvoorbeeld is met mijn lange lijf en bolle bovenrug altijd oncomfortabel, maar met een slecht humeur is het nagenoeg ondraaglijk. Gelukkig kan ik me eerste klas veroorloven, wat deze keer overigens maar 10 euro duurder was dan tweede klas. Ik zat te denken: Vreemd eigenlijk dat we in een samenleving leven waarin je beenruimte krijgt in verhouding tot hoeveel geld je te besteden hebt, in plaats van dat je beenruimte krijgt in verhouding tot hoe lang je benen zijn.

Er is één ideologie die heeft opgemerkt hoe vreemd dat eigenlijk is. Hoe ging de uitspraak ook alweer? 'Van ieder naar zijn vermogen, aan ieder naar zijn behoefte.' Juist: het communisme. Jammer dat het daarmee zo verkeerd is afgelopen. Het had ook gewoon een mooie wereld kunnen opleveren, waarin mensen niet naar vermogen maar naar behoefte beenruimte kregen.

Eerder schreef ik je al eens over alle aangepaste meubels die ik heb voor mijn lichamelijke klachten: een langer bed, een op maat gemaakte bureaustoel, een op maat gemaakte leesstoel. Elk van die meubels kost meer dan duizend euro. Zonder een succesvolle carrière had ik me dat onmogelijk kunnen veroorloven. Ik zal je zeggen dat dit, met een lichaam als het mijne, een sterke motivatie is om succesvol te zijn. Ik noem het graag een 'omgekeerd napoleoncomplex'. Waar Napoleons ambitie zou zijn ingegeven door zijn korte gestalte, wordt mijn ambitie aangevuurd om me de dure aanpassingen te kunnen veroorloven voor mijn twee meter lange lichaam.

Maar wat ik wilde zeggen: het goede humeur liet me tijdens deze reis even in de steek. Anders had ik misschien kunnen lachen om een aantal van de dingen die me overkwamen. Want ook de volgende dag zat het niet mee.

Mijn nachtrust was niet optimaal, omdat het hotelbed te kort was. Mijn voeten staken uit. Midden in de nacht ben ik nog uit bed gegaan om sokken aan te trekken, maar omdat ik vanwege de verhuizing mijn koffer in alle haast had volgepropt, kon ik die moeilijk vinden. En ik kon het niet bewijzen, maar ik zou zweren dat het bed in mijn vorige kamer langer was.

Het ontbijt daarentegen was goed, dus ging ik met redelijk goede moed op weg naar de Schirn Kunsthalle. Hier bezocht ik de tentoonstelling genaamd *Peace*. In *de Volkskrant* had ik een paar maanden geleden een aankondiging gelezen, en ik was meteen enthousiast. Kunstenaars was gevraagd om een alternatief vredessymbool te ontwerpen. Dat sloot mooi aan bij het thema van mijn nieuwe voorstelling: het morele optimisme van de Verlichting, het idee dat ontstaat van 'één mensheid', Immanuel Kant die een essay schrijft *Naar de eeuwige vrede*, Beethoven die in zijn Negende Symfonie een koor laat zingen '*Alle Menschen werden Brüder*'. Deze tentoonstelling was dus de aanleiding geweest om naar Frankfurt te gaan.

Ik kan kort zijn. Het was een regelrechte aanfluiting. Welgeteld één alternatief vredessymbool was er, de rest leek een bij elkaar geraapt zooitje waarvan het verband met het thema vrede in geen velden of wegen te bekennen was. De kunstwerken waren helemaal niet, zoals de aankondiging had gesuggereerd, voor deze expositie gemaakt. Uit een geluidsbox klonk de *commencement speech* van schrijver David Foster Wallace (in het Duits nagesynchroniseerd). Er was een kunstwerk over de hond van schrijver Michel Houellebecq: je zag foto's waar ze samen op stonden, en schilderijtjes die Houellebecq van zijn hond had gemaakt. In diezelfde ruimte hing een videoscherm: foto's van honden gleden voorbij terwijl een voice-over met een Texaans accent klonk: '*Through these dogs we pay homage to love and its possibilities. What is a dog but a machine for loving?*' Blijkbaar is een hond een machine, een machine die is geprogrammeerd om lief te hebben. Je begrijpt dat er geen foto's bij zaten van rottweilers of dobermannpinchers.

Van sommige objecten kan ik niet eens uitleggen wat ze moesten voorstellen, laat staan dat ik een relatie met vrede kon ontdekken. Wel werd een en ander duidelijk toen ik naar de uitgang liep, en de introductietekst las: '*The exhibition project peace pursues a strategy of avoidance – no doves, no rainbow colors, no rifles adorned with flowers.*'

'*A strategy of avoidance.*' Dikke lul. Een tentoonstelling over vrede door alles wat met vrede te maken heeft te vermijden. Als ik dit van tevoren had geweten, had ik ook een 'strategie van vermijding' toegepast, door überhaupt niet te komen. Vier uur met de trein. En een taxirit die nog duurder was. In een hotel waar ik 's avonds laat nog moest verhuizen. In het donker. Zonder Tinder-matches.

Gelukkig had die avond iets leuks voor me in petto. Christiaan had me ge-sms't met de vraag of ik zin had om 's avonds bij hem en zijn vriendin te komen eten en een bordspel te spelen. Daar had ik zeker zin in. Dus rond etenstijd liep ik langs de rivier de Main naar hun huis. Het regende een beetje, maar de route langs de oever was desalniettemin prachtig, met veel groen, en aan de overkant een heuvel waarop een majestueuze kerk pronkte. De laaghangende zon scheen onder de wolken door, waardoor ik werd getrakteerd op een regenboog. Zo met gezelschap in het vooruitzicht, als veilige randvoorwaarde, genoot ik toch weer even van het gevoel op mezelf teruggeworpen te zijn.

Christiaan en Moniek woonden in een wijk net buiten het centrum, op de vijfde en bovenste verdieping van een woonblok. Moniek (lief en goedlachs) promoveerde in de literatuurwetenschap, Christiaan was aspirant-schrijver en dus hoefde het niet te verbazen dat alle wanden bezet waren door boekenkasten. Door een goedgevulde boekenkast kan ik me vaak meteen een beetje thuis voelen bij iemand, zeker als er boeken tussen staan die ik zelf ook heb gelezen. Dat is het mooie aan een boek: je bent er doorgaans een behoorlijk aantal uren mee bezig, en door een blik te werpen op iemands boekenkast kun je erachter komen dat jullie misschien wel honderden uren in dezelfde – al dan niet fictieve – wereld hebben rondgedoold. Meteen ontsproot zich een gesprek waarin we ervaringen uitwisselden van verschillende boeken. En omdat lezen ergens ook een persoonlijke, bijna intieme ervaring is, opende dit gesprek meteen de mogelijkheid om aan de gebruikelijke oppervlakkigheden voorbij te gaan.

Zal dat niet een verlies zijn, als we straks allemaal overgestapt zouden zijn op een e-reader? Het zou ons de rijke en zelfs intieme informatie ontnemen die iemands boekenkast ons vertelt. Een alternatief zou kunnen zijn dat wanneer iemand je huis voor het eerst bezoekt, je je e-reader in zijn of haar handen duwt om doorheen te scrollen. Maar dat lijkt me toch niet helemaal hetzelfde.

Zoals Cicero zei: ‘Een kamer zonder boeken is als een lichaam zonder ziel.’

Dit heb ik uit een citatenboek dat bij mij in het washok ligt. Want waarom zou het washok geen ziel verdienen?

Op zondag, vertelde Christiaan terwijl hij schaaltjes van de keuken naar de eettafel bracht, zijn alle winkels in Frankfurt dicht. Dus die dag aten ze altijd restjes. (Op het moment zelf trapte ik in deze schijnbaar ijzeren logica, maar terwijl ik dit schrijf, denk ik: kennen ze niet het concept van 'de dag ervoor boodschappen doen'? Misschien had ik ze erover moeten vertellen.) Maar ik had geluk, de restjes vormden deze week zowaar een feestmaal. Er hing geen lamp aan het plafond, dus we moesten het stellen met een veredelde bureaulamp die over de eettafel scheen. We aten en we kletsten, en na het eten deden we een bordspel genaamd Machiavelli.

Er was een tijd dat ik me grote zorgen maakte over het lot van de aarde, of beter gezegd, over de ecologische bestaansvoorwaarden voor de mens op aarde. In een eerdere brief heb ik je geschreven dat de eindigheid van allerlei hulpbronnen me beangstigde, of het nu ging om fossiele brandstoffen of lithium, dat we onder andere gebruiken voor de accu's in elektrische auto's. Vrijwel alle activiteiten van de moderne mens steunen op eindige middelen: vliegen, autorijden, naar de bioscoop gaan, zelfs een onschuldige theatervoorstelling bevindt zich in de gevarenzone met alle elektriciteit die de sterke lampen vreten. Als ik dan nadacht over hoe het anders zou moeten, in een wereld waarin vrijwel alles 'op' was, dacht ik vaak aan één bepaalde activiteit die veilig was voor de post-fossiele mens: bordspelletjes. Die hadden hun onschuld weten te bewaren. Er is immers weinig voor nodig, en niks wat echt belastend of eindig is: een stuk karton als bord, speelkaarten, dobbelstenen, pionnen, allemaal dingen die we met hout kunnen maken.

Zo stel ik me een post-apocalyptische wereld voor: een wereld waarin vrijwel alles van beschaving is vergaan. Een wereld zonder elektriciteit, een wereld waarin de communicatiewegen zijn afgebroken, een wereld waarin de economie is ingestort en dingen als kunst overbodige luxe zijn geworden, een wereld die oneindig veel kleiner is dan de wereld die wij nu kennen, maar een wereld die tegelijkertijd knus kan zijn, bijvoorbeeld wanneer we bij kaarslicht bordspelletjes met elkaar zouden spelen. Niet ideaal, maar als de apocalyps toch onvermijdelijk was, dan leek me dit een leefbaar alternatief. Dat idee redde me van de totale wanhoop.

Het gevoel dat ik de afgelopen twee dagen had gehad terwijl ik door de anonieme straten van Frankfurt liep, heeft in mijn verbeelding iets weg van hoe het is om me in een post-apocalyptische wereld te begeven. Een gevoel van vervreemding, een gevoel dat de buitenwereld je niks van betekenis te bieden heeft. Dus toen ik 's avonds met Christiaan en Moniek onder een bureaulamp ijverig goudstukken inruilde voor bouwkaarten en er stiekeme allianties werden gesmeed die vaak nog geen beurt standhielden, kwam in zekere zin mijn post-apocalyptische utopie uit. En ik moet zeggen, het viel niet tegen.

***

En vandaag was ik dus weer alleen. Ik reisde van Frankfurt met de trein naar Bonn. Na de gezelligheid van de avond ervoor leek het nog harder binnen te komen dat ik nu weer aan mezelf was overgelaten.

Nadat ik was aangekomen, maakte ik een verkennende wandeling. Op mijn iPod beluisterde ik een Duitse podcast. Van tevoren had ik opgezocht wat populaire Duitse podcasts zijn, wederom met als doel mijn Duits wat bij te spijkeren. Ik kwam uit op de podcast *Sexvergnügen*, wat zich volgens mij vertaalt met 'seksgenoegen', of 'seksamusement'. Het klonk als iets waar ik moeiteloos mijn aandacht bij kon houden. Het concept is vrij simpel: twee Duitse vrouwen praten over seks. Met afleveringen als: '*Wie sieht der perfekte Penis aus?*', '*Sex während die Periode: Ja, nein, vielleicht?*' en '*Wollen Frauen ein Vorspiel?*' (Met betrekking tot de laatste vraag blijkt: de ene vrouw bleek voorspel wel op prijs te stellen; voor de andere hoefde het niet zo nodig. Persoonlijke conclusie voor mij: er bestaan verschillende soorten vrouwen. Meteen een notitie van gemaakt.)

Na de eerste aflevering heb ik op internet opgezocht of de twee vrouwen zo knap zijn als hun zwoele stemmen suggereerden, en het overtrof mijn stoutste verwachtingen. Zo wandelde ik door de binnenstad van Bonn met een mengeling van eenzaamheid en een sluimerend gevoel van seksuele opwinding.

Ik liep verder naar het geboortehuis van Beethoven. Zoals ik heb geschreven, vertel ik in mijn voorstelling over de drie heren Immanuel Kant, Napoleon Bonaparte en Ludwig van Beethoven. Beethoven was de reden dat ik na de vredesvoorstelling in Frankfurt nog graag Bonn wilde bezoeken. In dit huis hier was de kleine Ludwig in 1770 geboren en had hij de eerste vier jaar van zijn leven gewoond.

Op veel plekken in het Beethoven-Haus moest ik bukken vanwege het lage plafond, de bobbelige houten vloer piepte en kraakte. Er was een bijzondere collectie tentoongesteld, voornamelijk met instrumenten waarop Ludwig heeft gespeeld. Een mooie pianoforte en een paar violen. Ik stond ernaar te kijken en dacht: Dit is dus de viool die Beethoven in zijn handen heeft gehouden. Geinig zeg.

Ik baalde een beetje, omdat ik vermoed dat je bij

zoiets méér hoort te voelen. Verwondering of misschien bewondering. Maar ik kwam niet verder dan 'geinig'. En een beetje zonde ook. Want het schijnt dat violen uit die tijd tot de beste exemplaren behoren. Zonde dus dat we er alleen nog maar naar kijken.

Maar waarschijnlijk ligt het aan mij, mis ik een groot talent voor verwondering. Ene Bart de Moor heeft dat talent bijvoorbeeld wel. Op het centrale plein in Bonn staat een mooi standbeeld. Op TripAdvisor schrijft deze Bart uit België hierover: 'Stel je voor dit beeld en kijk ernaar, bedenk dan dat dit Beethoven is en dat die hier ook rondliep tijdens zijn tijd.'

Treffend gezegd, Bart. Tijdens je eigen tijd is altijd een goed moment om ergens rond te lopen.

Na mijn bezoek aan het Beethoven-Haus had ik eigenlijk geen reden meer om hier nog te zijn. En zo voelde het ook. Ik slenterde nog wat rond, liep door de overdekte gangen van een klooster, terwijl ik ondertussen op mijn iPod luisterde naar de aflevering '*Wie bringt man eine Frau zum squirten?*' en ging daarna terug naar het hotel waar ik aan deze brief begon.

Het voelt fijn om deze brief te schrijven, om mijn gedachten aan iemand te kunnen richten, ook al duurt het waarschijnlijk nog een paar dagen voordat jij ze leest, en voel ik me dan waarschijnlijk allang niet meer alleen. Sterker nog: goeie kans dat ik dan op een of ander seksfeest ben, waar ik mijn opgedane kennis van alle Duitse podcasts in de praktijk breng.

Hoewel ik regelmatig verlang om alleen te zijn, kan ik nog altijd niet voorspellen hoe die momenten zullen *vallen*. Soms voelt het alsof ik aan mezelf genoeg heb en er niks mist. Soms – zoals nu – voelt het als een plat soort eenzaamheid die ik het liefst zo snel mogelijk ontvlucht. En op weer andere momenten voelt het als een eenzaamheid die al mijn ervaringen verdiept en intensiveert. Over deze vorm van eenzaamheid had Immanuel Kant het vermoedelijk toen hij schreef: 'De eenzaamheid beangstigt, en verheft me tegelijkertijd.'

Immanuel Kant heeft nooit een relatie gehad. Het was ook pas na zijn zevenenvijftigste, toen zijn *Kritik der reinen Vernunft* eindelijk wat geld begon op te brengen, dat hij financieel in staat was om een vrouw te onderhouden. Zelf zei hij hierover: 'Toen ik profijt zou kunnen hebben van het huwelijk, kon ik het me niet veroorloven; toen ik het me kon veroorloven, zou ik er geen profijt meer van hebben gehad.' Wat hij precies met profijt bedoelt, weet ik niet. Vermoedelijk dat het verdomde moeilijk is om na je zevenenvijftigste überhaupt nog een erectie te krijgen.

Ik vind het opvallend hoeveel filosofen er een gemankeerd liefdesleven op na hielden. Aan Socrates, de vader van de westerse filosofie, worden de woorden toegeschreven: 'Trouw hoe dan ook; als je een goede vrouw krijgt, word je gelukkig; als je een slechte vrouw krijgt, word je een filosoof.' Daarmee is de toon wel een beetje gezet voor de rest van de westerse filosofische traditie. De vrouw die Socrates tot filosoof heeft gemaakt, is Xanthippe, ook wel bekend van de letter 'X' in het Nederlandse telefoonalfabet. Zij is de geschiedenis ingegaan als een bijzonder temperamentvolle vrouw. Hierbij moet gezegd worden dat Socrates mogelijk veertig jaar ouder was dan zij, dus het zou ook kunnen dat ze gewoon nog midden in haar puberteit zat.

Toch brengt Socrates het er nog relatief goed van af, en dat zegt meer over de prestaties van zijn collega's na hem. Schrijnend is bijvoorbeeld het geval van de (door mij zo geliefde) Jean-Jacques Rousseau. Tijdens zijn grotendeels zwervende bestaan, krijgt hij een verhouding met de ongeletterde dienstmeid Thérèse Levasseur. Alle vijf de kinderen die hij bij haar verwekt, brengt hij naar een vondelingengesticht. Vijf is veel, bijna alsof Rousseau het vondelingengesticht heeft opgevat als redelijk alternatief voor anticonceptie. Dit weerhield Rousseau er overigens niet van om een boek te schrijven over de ideale opvoeding.

Het lijkt erop dat simpele dienstmeisjes een grote aantrekkingskracht hebben op filosofen. René Descartes, die ook nooit is getrouwd, bezwangert de werkster van een vriend. En Karl Marx, die getrouwd is met Jenny Marx, heeft hoogstwaarschijnlijk een kind verwekt bij hun werkster. Om een huwelijkscrisis te voorkomen claimt zijn vriend Friedrich Engels het vaderschap. *Cause that's what friends are for.*

Bij Jenny heeft Karl Marx ook nog zeven kinderen verwekt. Een van hen sterft vroeg na de geboorte, vier andere sterven voordat ze de volwassenheid bereiken. De andere twee verwaarloost hij als hij zijn ziel en zaligheid legt in *Das Kapital*. Op zich had hij een sterk argument op zak: 'Sorry, maar papa is even bezig met de dialectische opheffing van de kapitalistische wereldorde die zal resulteren in de communistische heilstaat, waarbij uitbuiting en vervreemding zullen plaatsmaken voor een harmonieuze en gelijkwaardige samenleving, dus hij heeft eventjes geen tijd om te kijken naar jullie tekeningen.' Na de dood van Karl zullen deze dochters overigens allebei zelfmoord plegen.

Martin Heidegger (1889-1976) pieste ook geregeld buiten het potje. Hij deed het bij de vleet met zijn studentes, onder wie filosofe Hannah Arendt (1906-1975). Zijn vrouw gaf hem lik op stuk door een zoon te baren die niet van hem was.

Dan zijn er nog tal van filosofen die het nooit tot een huwelijk hebben geschopt en dus überhaupt niet de mogelijkheid hadden om vreemd te gaan, zoals de Schotse

Verlichtingsfilosofen David Hume en Adam Smith. De laatste woonde een groot deel van zijn volwassen leven bij zijn moeder thuis, die elke dag zijn maaltijden bereidde. (Adam Smith wordt gezien als een van de grondleggers van het economisch liberalisme, en geldt hiermee vermoedelijk in meerdere opzichten als voorbeeld voor Mark Rutte.) Ook post-kantiaan Arthur Schopenhauer heeft nooit een vrouw gevonden die met hem wilde trouwen. Zijn misogynie zal hem ook niet hebben geholpen: 'Vrouwen zijn bijzonder geschikt als verzorgers en opvoeders van onze vroege kindertijd, om de simpele reden dat ze zelf kinderachtig, onnozel en kortzichtig zijn – ze zijn kortom hun hele leven lang zelf een groot kind, ergens tussen een kind en een man in.' Niet de allerbeste openingszin, als je het mij vraagt. Te lang ook.

Over Friedrich Nietzsche en de dubbele afwijzing die hij ontvangt van Lou Salomé, schreef ik je al eerder. Nietzsche heeft waarschijnlijk alleen seks gehad met prostituees, waar hij mogelijk syfilis door opliep, wat als oorzaak wordt genoemd van zijn latere krankzinnigheid. Ook schrijft een arts aan een vriend van Nietzsche dat hij zich zorgen maakt over het buitensporige masturbatiegedrag van de besnorde filosoof. (Hierbij kun je je een aantal dingen afvragen: wat moet een vriend met die informatie? En hoe komt masturbatiegedrag eigenlijk ter sprake bij een doktersbezoek? Voor welke diagnose is dat relevante informatie? Of begon Nietzsche er zelf over? Zo van: 'Ha dokter, je zult je wel afvragen waarom ik te laat ben, dat zal ik je vertellen. Ik stond op het punt om van huis te gaan, toen ik nog even naar het toilet moest. En je weet hoe het gaat, van het een kwam het ander...')

En ik zou nog verder kunnen gaan, met de ongelukkige, zichzelf verafschuwende homoseksueel Ludwig Wittgenstein, of met Søren Kierkegaard die zijn verloving afbreekt omdat zijn ‘melancholie hem ongeschikt maakt voor het huwelijk’, maar één ding moge duidelijk zijn. De filosoof met een gelukkig, stabiel of gezond liefdesleven is ver te zoeken.

Wanneer het niet wilde vlotten met mijn eigen liefdesleven, vond ik meer dan genoeg medestand en troost bij deze zonderlinge figuren. En dan geloofde ik graag dat hun onafhankelijkheid, hun op zichzelf teruggeworpen zijn, ook hetgeen was wat hun denken tot grootse hoogte stuwde.

Maar misschien is het wel zo dat de meesten er simpelweg niet toe in staat waren. Ofwel omdat ze te egocentrisch waren, te veel opgeslokt door hun eigen ideeënwereld. Ofwel omdat ze te zeer vervreemd waren van het alledaagse, zich als beschouwers te veel op afstand geplaatst voelden van de buitenwereld, en daarmee niet in staat waren om zich er innig mee te verbinden.

Of misschien dat de eenzaamheid niet zozeer het denken verheft, maar dat de eenzaamheid eerder vragen opwerpt als: Wat heeft het leven in hemelsnaam voor zin?

Tijdens het rondzwerven in deze Duitse steden heb ik nagedacht over een andere verklaring voor mijn onvrede, Koos. Zou het niet gewoon kunnen zijn dat de zoektocht die ik vier jaar geleden begon, inmiddels is voltooid? Ik weet niet goed meer wat ik hoop te vinden in al deze vreemde oorden. Vier jaar geleden overtuigden jij en mijn lieve vriend René me ervan dat het zin had om de wijde wereld in te trekken, en alle logica wees ook in die richting. Nu lijkt de logica er anders voor te liggen. Als ik terugdenk aan de verloren zolderkamerfilosoof van vier jaar geleden, is er een hoop veranderd. Ík ben veranderd. Op het podium heb ik een vorm gevonden waarin ik me vrij voel, een vorm waarin ik me op een zinvolle manier kan uitdrukken, wat dat ook waard moge zijn. En waar ik vier jaar geleden aan het nut van filosofie twijfelde, zijn de handvatten die ze aanreikt me steeds dierbaarder geworden.

Maar de grootste en belangwekkendste ontwikkeling – hoewel die zich geleidelijk en bijna onopgemerkt heeft voltrokken – is dat ik een kalme berusting heb gevonden in onze merkwaardige menselijke conditie, die ik eerder zo vreeswekkend vond. Denken en schrijven erover heeft daar zeker bij geholpen, net als het feit dat ik tijdens mijn reizen niet kon leunen op mijn vaste patronen en mijn vertrouwde omgeving. Daardoor stond ik oog in oog met de grondeloosheid van dit alles, en leerde ik gaandeweg dat het gebrek aan een Absoluut Fundament geen van de dingen in de weg hoeft te staan die het leven de moeite waard maken. Sterker nog, alles wat ik in dit leven van waarde acht, zie ik nu als innig verstrengeld met onze metafysische tekortkomingen en ons gezamenlijke lot op aarde: de noodzaak van solidariteit, de mogelijkheid van troost, humor die ons de nodige ademruimte verschaft en waardoor we onze absurde conditie met lichtheid kunnen aanschouwen, misschien zelfs met een vreugdevolle lach.

En tegelijkertijd, als ik zeg dat deze zoektocht voltooid is, bedoel ik niet dat ik op alles een antwoord heb gevonden. Dat ik klaar ben met zoeken. Sterker nog, in een zeker opzicht voelt het alsof ik me in een soortgelijke situatie bevind als vier jaar geleden. De beperkingen waar ik nu tegenaan lijk te lopen, hebben een duidelijke gelijkenis met de situatie van vier jaar geleden. Als ik kijk naar dat rijtje filosofen, die zich vaak op afstand geplaatst zagen van de rest van de wereld, denk ik niet dat het reizen me helpt die afstand te overbruggen. Je zou zelfs kunnen zeggen dat ik het isolement van de bibliotheek mee op reis heb genomen. Ik bedoel: ik loop hier in mijn eentje door een stad, terwijl ik een brief schrijf over eenzaamheid, aan iemand die me nooit een brief terugschrijft.

Voor de duidelijkheid: ik neem het je niet kwalijk. Het was genoeg dat ik iemand had aan wie ik mijn avonturen en overdenkingen kon richten; in zekere zin nam ik jou mee als reisgenoot. En lange tijd kon ik me ook geen betere reisgenoot wensen. Want hoewel ik je soms maar irritant vond, wist ik dat je het beste met me voor had. Dat maakte dat ik bij het schrijven van deze brieven het gevoel had mezelf te kunnen zijn, in al mijn kwetsbaarheid en met al mijn onhebbelijkheden. En tegelijkertijd was je ook iemand die ik hoogachtte, waardoor ik net wat beter mijn best deed op een brief. In die zin gun ik iedereen een Koos: iemand bij wie je kwetsbaar kan zijn, maar voor wie je tegelijkertijd je best wilt doen.(Sommigen noemen zo iemand ook wel 'een geliefde'. Maar ja, het genoemde rijtje filosofen schetst wat dat betreft een weinig hoopvol perspectief. En hoewel ik tot voor kort dacht dat ik één ding voor had op al die wijsgeren van weleer, blijkt Tinder me ook in de steek te laten.)

Toch is het tijd dat er een einde komt aan deze brieven. Niet omdat ik denk dat dit project heeft gefaald. Dat is niet zo. Het heeft me veel gebracht. Concepten zijn aan de realiteit getoetst, en schaduwen van gedachten zijn vervangen door ervaringen van vlees en bloed. Maar nog een stap verder lijken deze reizen me niet te brengen.

Het zou goed kunnen dat ik het schrijven van deze brieven nog ga missen, Koos. De volgende keer dat ik in een vreemd oord terechtkom, zal ik je een ansichtkaartje sturen. Gewoon met hoe fijn ik het heb, en hoe aangenaam het weer is. En wie weet, als er ruimte overblijft, met nog een paar tips over informatieve Duitse podcasts.

Alle goeds,
Tim